Author アトハ Illust. 夕薙
魔力無限のマナポーター
～パーティの魔力を全て供給していたのに、
勇者に追放されました。魔力不足で
聖剣が使えないと焦っても、メンバー全員が
勇者を見限ったのでもう遅い～

CONTENTS

《一章》 マナポーター、追放される 10
《二章》 マナポーター、追いかけてきた聖女と一緒に旅することになる 21
《三章》 マナポーター、モンスターに襲われた行商人を助け出す 27
《四章》 勇者パーティ、ダンジョン攻略に失敗する 36
《五章》 マナポーター、アクシス村で勇者として物凄く歓迎される 51
《六章》 勇者パーティ、崩壊する 63
《七章》 マナポーター、冒険者登録をする 79
《八章》 マナポーター、勧誘合戦に巻き込まれる 93
《九章》 マナポーター、ハズレ依頼を瞬殺する 105
《一〇章》 戻ってこいと言ってももう遅い！ 114
《一一章》 マナポーター、エルフの里の偵察依頼を受ける 123
《一二章》 マナポーター、エルフの里の異変に気がつく 132
《一三章》 マナポーター、勇者リリアンの窮地を救って救世主となる 151
《一四章》 勇者、世界樹にとどめを刺しかける 164
《一五章》 マナポーター、世界樹ユグドラシルを蘇らせる 182
《一六章》 マナポーター、エルフの里のお祭りに参加する 195
《一七章》 マナポーター、特別恩賞を受け取ることになる 203
《一八章》 マナポーター、国王との謁見に臨む 210
《一九章》 マナポーター、果たし状のようなものを受け取る 223
《二〇章》 マナポーター、リリアンのパーティに入る 229
《二一章》 元パーティメンバー、ようやくイシュアと合流する 235
《二二章》 新生・勇者パーティ結成 247
《エピローグ》 252
書き下ろしエピソード 新生・勇者パーティでの親睦会 261
書き下ろしエピソード 美味しい美味しいイシュアの魔力 275

《ミーティア》
職業／魔導剣士
イシュアを追放した勇者パーティの元メンバー。大賢者リディルとともに勇者パーティに愛想を尽かし、イシュアを追いかける。
「イシュア様のチートがないと、ウチたちはこんなもの。嫌になるッスね」
「うみゅう、わたしもガス欠。やっぱりイシュア様がいないと到底もたない」
《リディル》
職業／大賢者
ミーティアと共に、勇者のもとを離れた。杖を両手持ちにして、勢いよくフルスイングして戦うなど実は身体能力も高い。

「あ、アリア？
何か当たっちゃいけないものが
当たってるような——」

《ディアナ》
職業／剣聖
勇者リリアンのパーティメンバー。リーダーのリリアンのためにもイシュアを勧誘することに必死。
「私たちには、どうしてもイシュアさんが必要なのだ！」
「イシュアさんを前にしたら、恥ずかしくてしゃべれないよ～！」
《リリアン》
職業／勇者
王国公認の勇者であり、魔王直属の四天王イフリータを、ギリギリのところまで追い詰めた最上位の力を持つ勇者のひとり。

CHARACTERS
《アリア》
職業／聖女
教会公認の聖女であり、冒険者学園の頃からのイシュアの後輩。追放されたイシュアを追ってきて、一緒に旅をすることになる。
「決めました。私、先輩に付いていきます！」
「いや、だから僕は勇者じゃなくて――」
《イシュア》
職業／マナポーター
勇者に必要がないとしてパーティを追放された。しかし、実際は魔力保有量が尽きることのないレベルであるSSS級。

「今さら何を言ってるんですか～。
当ててるんですよ～♪」

ダッシュエックス文庫

《魔力無限》のマナポーター

～パーティの魔力を全て供給していたのに、勇者に追放されました。魔力不足で聖剣が使えないと焦っても、メンバー全員が勇者を見限ったのでもう遅い～

アトハ

一章　マナポーター、追放される

「我がパーティに戦う気もない能なしは不要！　よって貴様を追放処分とする‼」

僕――イシュアにそう言い放ったのは、世界の希望を背負って立つはずの勇者であった。

「な、何故《なぜ》ですか⁉　僕はマナポーターとして、きちんとパーティに貢献してきたじゃないですか！」

「マナの譲渡しかできない落ちこぼれが調子に乗るな！」

勇者アランは、不機嫌さを隠そうともせず言い募《つの》った。

勇者という超レアジョブを持つアランは、国王からも認められた世界で数人といない王国公認の勇者である。

「マナの供給役なんて、いくらでもいるんだよ。魔法も使えず前線にも立たない落ちこぼれの分際で、恥ずかしくないのか！」

僕が就《つ》いているのはマナポーターというジョブであった。マナポーターは、マナの消費量が多すぎるパーティに組み込まれる魔法ジョブの一つであり、その役割はマナ不足に陥《おちい》りがちなパーティメンバーにマナを供給することだ。

アランはマナポーターというジョブのことを、魔法がまともに使えない落ちこぼれジョブだと見下していたが、僕は違うと考えていた。

「僕がいないと、このパーティはマナ不足でまともに戦えなくなるよ」

「黙れ！　落ちこぼれのクセに口答えをするな！」

「このパーティの消費マナは、あまりに多すぎるよ。マナポーターがいて初めて成り立つと、最初に国王陛下からも念を押されたはずだよ……」

アランはパーティ結成時の言いつけを、忘れてしまったのだろうか。

「戯《ざ》れ言《ごと》を。おおかた貴様が取り入ったのだろう。立ってるだけの貴様が経験値を持っていくのは目障《めざわ》りなんだよ！」

立っているだけ、というあまりの言い分に言葉を失った。

必死にマナを供給していたのに、アランからはそんなふうに見えていたのか。

「考え直した方がいいよ、アラン。マナを節約しながら戦えるほど、これから先の戦いは甘くないと思う」

「不要な心配だ。俺には聖剣エクスカリバーがあるからな！」

「それを振るうにもマナが必要だって……」

勇者アランが振るう聖剣エクスカリバーは、膨大《ぼうだい》なマナを消費する。多くの敵を葬《ほうむ》ってきた聖剣も、マナがなければあっさり輝きを失うのだ。

「黙れ！　レベルが上がってマナ保有量も上がったのだ。現に今まで、一度も魔力切れで困ったことはない！」

「だから、それは僕がマナを渡してたからだって」

聖女、大賢者、魔導剣士。

このパーティには、とにかくマナを派手に使うジョブが揃《そろ》っていた。すぐに枯渇《こかつ》するマナを補うために、僕がどれだけ気を遣《つか》っていたことか。

「はっはっはっ。バカも休み休み言え！　落ちこぼれの貴様に、そんなことできるはずがないだろう！」

「それで皆は、何と言ってるの？」

「…………。ふん、話し合った結果がこれだ。満場一致だったよ。貴様はこのパーティには必要ないとな」

アランは一瞬言い淀《よど》んだが、そう言った。

（そうか。僕の働きは、誰からも認められていなかったんだね）

勇者パーティのメンバーになった以上は、役に立とうと頑張ってきた。

メンバーからの相談にはできる限り乗ってきた。良好な関係を築けていると思っていたけど、それは役立たずの烙印《らくいん》を押された僕を慰《なぐさ》めるためのものだったのか。

「分かったよ、アラン。そこまで言うなら、僕はパーティを出ていくよ」

「ふん、最初からそう言えば良かったんだよ。落ちこぼれのおまえに相応《ふさわ》しいお似合いの末路だな」

　アランは愉快そうにニヤリと笑った。

「最後に忠告だよ。このパーティは、とても長期戦ができるパーティ構成じゃないよ。少しは、マナに頼らない戦い方を覚えた方がいいよ」

「落ちこぼれに心配されるまでもない。早く出ていけ！」

（なんでだろう。やけに急《せ》かすような……）

（まるでこの場面を、必死で隠そうとしているみたい）

　そう首を傾《かし》げながら、僕は勇者パーティを後にした。


　その想像は、実は間違っていない。

　この追放劇は、パーティメンバーに相談すらしていない勇者アランの独断だったのだ。

　これから始まるのは、取り返しのつかない転落。

　その一歩目を踏み出してしまったことを、愚かな勇者はまだ知らない。

＊＊＊

《勇者パーティ視点》

「ふっはっは、俺様の天下だ！」

俺——アランはようやく目障りな邪魔者を追放し、満足感に浸《ひた》っていた。

魔法が使えないクズがなるマナポーターというジョブ。それが成り立つのは、マナポーションが非常に高価だからだ。魔力切れの保険にアイテムを買うぐらいなら、前衛でも動けるマナポーターを雇った方がコストを抑えられる場合もある。

マナポーターとは、いわば魔法を使えるエリートによる〝お情け〟で成り立っているジョブなのだと俺は考えていた。

（落ちこぼれを助けるための、落ちこぼれによるジョブか）

（くだらんな）

たった一日の活動で魔力切れするなど、そもそもが軟弱すぎる。事実、優秀な我が勇者パーティは、ただの一度も魔力切れなど起こしたことはない。

「俺たちのパーティは最強だ！　イシュアのような落ちこぼれを必要とする日など、来るはずがないではないか！」

勇者というジョブを手にして、国から正式に勇者として認められたときは、天にも昇る気持ちだった。魔王を倒し、世界を救った英雄として全大陸の英雄になるのだと、輝かしい未来を疑いもしなかった。

俺のために勇者パーティが結成された。

聖女、大賢者、魔導剣士。

みんな、俺好みの可愛い少女たちだった。

両手に花なんてもんじゃない、美少女揃いの旅の供。勇者の俺様にはピッタリだと思った。

しかし国王はそれに加えて、マナポーターを連れていけと命令した。

俺のことよりも、マナポーターごときを信用している国王の発言。

（ふざけやがって！　俺のマナ保有量はピカイチだ！）

（魔力切れなど、これまで一度も起こしたことはない！）

いくらそう主張しても、国王の言いつけに逆らうことはできない。魔力切れ対策という名目で、マナポーターのイシュアはパーティに参加することになった。

せめて前衛として、ビシビシこき使ってやろうと思っていた。

ところがあいつは、あろうことか戦いを手助けすることさえなかったのだ。

問いただせばマナを供給しているなどと大ボラを吹く始末。

そして何より気に食わない点があった。

「イシュア様のおかげで、今日も魔剣が使い放題ッス！」

「大げさだよ。とても素直な術式で、こちらこそ助かってる」

「大げさじゃないッス！　イシュア様は、ウチにとっての救世主ッス！」

武器の手入れをしながら、魔導剣士とイシュアが和《なご》やかに語り合う。

（な～にが救世主だ、この詐欺師《さぎし》が！）

俺たちは、魔法ジョブの中でもエリートの集まりだ。

落ちこぼれのイシュアに、供給できるマナ保有量ではない。さらには――

「先輩先輩、私は私は？　ちゃんとパーティの役に立ててましたか？」

「とっさに張ったバリアが良かったよ。あれのおかげで、マナを注ぐだけでブレスを防ぐ盾《たて》を生み出せた。ナイス判断だったよ」

「もう。それって先輩の判断が、バケモノみたいに早かっただけじゃないですか！」

聖女のアリアは、甘えるようにイシュアにアドバイスを求めていた。

アリアとイシュアは、同じ冒険者学園の先輩・後輩だったという。

あんな落ちこぼれを先輩に持って大変だったな、と言ったら「あなたに先輩の何が分かるんですか！」と、凍りつくような眼差《まなざ》しで睨《にら》みつけられた。

（あれは怖かった……）

ぶるぶる震える。

何故かイシュアの周りには、パーティメンバーが集まっていた。

みんな俺好みの可愛らしい美少女だというのに。

（俺が持ってるのは、聖剣エクスカリバーだ！）

（世界にたった一つのユニークスキルなんだぞ！）

……だから追放した。

このパーティは俺のものだ。

（あの男はもういない！）

（これで誰もが、俺のことを頼ってくれるはずだ！）

俺は、そう確信していた。


そうして訪れた翌日の朝。

「アリア、喜べ。明日からはいよいよAランクダンジョンの攻略に向かうぞ！」

よりにもよって俺は、イシュアを先輩と慕《した》うアリアに声をかけてしまったのである。

「ええっと、勇者様？　こんな朝早くからどうしたんですか？」

「我が勇者パーティが次のステップに進む瞬間を、中心メンバーと分かち合いたくてな。喜べアリア、ついにAランクダンジョンに挑むときが来たぞ！」

「はあ。Aランクダンジョンですか」

「勇者パーティの大いなる一歩だぞ？　もっと喜んだらどうなんだ」

アリアの反応は、俺の予測とは違った。パーティの躍進を喜んでくれるかと思ったら、実際は困惑《こんわく》したような表情で見つめ返してくるのみ。

「ええっと、いきなりAランクダンジョンは危険ではありませんか？　まずは先輩に相談してみないと……」

「はあ？　何故、あの落ちこぼれに相談するんだ？」

俺の言葉に、アリアは不快そうに形の良い眉をひそめた。

「また、そんなことを言って。埒《らち》が明きません、先輩はどこですか？」

その眼差しのあまりの強さに、俺は思わず気圧《けお》される。

「イシュアは――逃げ出した。Aランクダンジョンに挑むと伝えたら、荷物も持たずに一目散《いちもくさん》だったよ」

実際には俺が勝手に追放したのだが、出まかせを口にする。

あんな奴、うんと失望されればいい。

この場にいない以上、いくらでも印象操作は可能だからな。

「そ、そんな！　まさか先輩が？」

アリアは口を押さえて息を呑む。

パーティメンバーを見捨てて逃げ出す臆病者。さすがに幻滅したことだろう。にまりとほくそ笑む俺だったが、アリアの口から飛び出してきたのは予想だにしない言葉であった。

「私たちは見捨てられてしまったのですか？」

「何を言うか。Ａランクダンジョンを恐れた無能が、臆病風に吹かれて逃げ出しただけだ。そんなことより――」

「あなたがそんなんだから、先輩に愛想を尽かされるんです！」

アリアは涙目で、キッと俺を睨んできた。

あまりの迫力に俺は口を挟むことすらできず黙り込む。

「私、先輩を探してきます。先輩からのマナ供給がないと、このパーティは成り立ちません。先輩を失ったら勇者パーティはおしまいです」

「こんな時に何の冗談を……。ま、待て！　そんなことよりＡ級ダンジョン攻略に向けて作戦会議を――」

「寝言は寝て言ってください！」

ピシャリとアリアは言い放つ。

それから俺の制止も聞かず、彼女は森の中に一人で飛び出していった。

「朝っぱらから騒がしいッス。いったい何事ッスか？」

「うみゅう、まだ眠い。これはイシュア様の魔力を貰《もら》わないと動けない」

さらに間《ま》の悪いことに、大賢者と魔導剣士が起きてきた。寝起きの言葉の中にすら、当たり前のようにイシュアが登場する。

このパーティに、イシュアはもういないのに。

「あー、少しだけトラブルがあってな。おまえらが気にする必要は何もないぞ」

「分かったッス。隠し事はなしッスよ」

「あ、ああ。もちろんだ……」

(イシュアの追放を正直に話すのは——なしだな)

(なんとしてでも隠し通すぞ!!)

そうして俺は、アリアにもした嘘の説明を繰り返すのだった。

二章

マナポーター、追いかけてきた聖女と一緒に旅することになる

「ふう。仲間のマナ残量を気にしないで済むって素晴らしいね」

パーティを追放された僕は、森の中を歩いていた。

勇者パーティのメンバーが持つマナは、消費量を思えば絶望的なまでに少なかった。

それにもかかわらずマナの消費の激しい大技を連発していたため、魔力切れを起こさぬよう一時《いっとき》たりとも目が離せなかったのだ。

裏方のマナポーターとしては、なかなか過酷な現場であったとも言える。

(マナポーターの理想は、マナについてメンバーに一瞬でも意識させないこと)

(勇者パーティで魔力切れのメンバーを出すとか、末代《まつだい》までの恥だよね)

そんなことを考えながら歩いていると、

「待ってください。先輩、イシュア先輩!」

聞こえてきた声は、元パーティメンバーの聖女アリアの声。

(はて、なんだか幻聴が……?)

（まさか、聖女様がこんなところにいるはずないしね）

無視して歩き続ける僕だったが、

「先輩、先輩！　無視しないでください！」

声はすごく至近距離から聞こえた。

そして警戒する間もなく、いきなり後ろからしがみつかれたではないか。

「な、な、な、アリアさん!?」

「先輩、呼び方！　私のことは呼び捨てにしてくださいって、ず～っとお願いしてきたじゃないですか！」

驚く僕に、背中にしがみついたままアリアはそんなことを言う。

「どうしてここに!?」

「慣れない探索魔法を使いました。先輩の体の一部――髪の毛を〝偶然にも〟持っていたので」

（ええ!?　それって、呪術の類《たぐい》じゃないの？）

（何してるの、聖女様～!?）

……まあいいか。

気にしても、誰も幸せにならないような気がした。

「アリア、落ち着いて？　とりあえず少し離れよう」

アリアも随分《ずいぶん》と取り乱しているようだけど、この距離は少し心臓に悪い。

「い・や・で・す！　先輩が出ていったと聞いて。ついに見捨てられてしまったと思って……。私、どれだけ後悔したか」

（んん、見捨てられた？）

追いつけて良かったと、ひどく安堵《あんど》した涙声。

何やら誤解がありそうだ。

「僕は追い出された身だよ。勇者から聞いたよ？　追放には全員が賛成したって」

「え？　誰が、誰を、追放ですって？」

「いや、勇者が僕を――」

「はあああ？　あのお坊ちゃま勇者！　よりにもよって先輩を追放ですって!?」

後ろからドス黒いオーラが流れてきた。

ちょっぴり怖い。

「勇者パーティはどう考えても、先輩のおかげで辛《かろ》うじて持ってたようなもんじゃないですか。それなのに追放なんて！　あのおバカ勇者は、いったい何を考えているんですか!?」

「僕も説得したんだけど。アランはまったく聞く耳を持たなくて……」

「だいたい私たちが、先輩の追放に賛成するはずありません！　常識的に考えてください！」

そう言いきったアリアは、王立冒険者学園に通っていた僕の後輩であった。実習で何度もパーティを組み、卒業後も同じパーティに所属するほどの仲である。

パーティ全員が僕のことをいらないと言っていたとアランから聞き、密《ひそ》かにショックを受けたりもしたけれど——アリアだけでもマナポーターの働きを理解していたことに、少しだけ救われた気持ちだ。

「決めました。私、先輩に付いていきます！」

「え、そんなこと……。勇者パーティに入るのは、アリアの夢だったんだよね？」

「それはそうですけど……」

「追放されたのは僕だけだよ。アリアのことを巻き込めないよ」

アリアは勇者パーティに入るのが目標だと言っていた。

魔王により苦しめられた世界に、希望を与えた初代大聖女への憧《あこが》れ。アリアは並々ならぬ努力の末に聖女のジョブの取得に成功し、そのまま勇者パーティの一員にも選ばれたのだ。

「先輩、そんな水臭《みずくさ》い言い方しないでください。私がここまで来られたのは、ぜ～んぶ先輩のお陰なんですから！」

「アリア、それは大げさすぎるよ。全部、アリアの努力の成果だよ」

僕は、ちょっとだけアリアを手助けしたにすぎない。

「えへへ、先輩と二人旅。とっても楽しみです！」

アリアは僕の正面に回り込むと、

「これからもお願いします、先輩！」

そんな輝かんばかりの笑みを浮かべるのだった。

「こちらこそ。よろしく、アリア」

そんな笑顔を見せられては、返せる言葉は一つしかない。

そうして僕は、アリアと二人で旅することになった。

三章　マナポーター、モンスターに襲われた行商人を助け出す

アリアと合流して数十分後。

僕たちは近くの街を目指し、街道沿いに歩みを進めていた。勇者パーティを離脱することになったため、改めて街で準備を整える必要があったのだ。

田舎《いなか》の街道であり人通りは少ない。のどかな空気を壊すように、

「助けてくれえぇぇぇ！」

突如《とつじょ》、そんな悲鳴が響き渡った。

「っ、先輩！」

「うん、ただごとじゃないね」

街道を走り抜け、僕たちは声の方に向かって走る。

やがて目にしたのは、大量の商品を積んだ馬車。大きな獣型モンスターに囲まれ、行商人が真っ青な顔で助けを求めていた。

「護衛がやられたのか。まずいね、すぐに助けないと」

「先輩はお人よしですね、分かりました！」

アリアは杖《つえ》を取り出し、狼型のモンスターに向けた。

獰猛《どうもう》な牙《きば》と並外れたパワーが特徴的なBランクの難敵だ。多くの初級冒険者を葬《ほうむ》ってきた凶悪なモンスターではあるが、天才と名高い聖女の相手を務めるには力不足。

「マナは僕が注ぐ。ぶちかましてやれ！」

「共同詠唱ですね、分かりました！　えへへ、日頃の鍛錬の成果。お見せします！」

ぐっと手を握り、アリアは気合いを入れ直す。

そして彼女は詠唱もせずに、いきなり空中に魔法陣を描き出した。

（こ、これは――最上位魔法？　なんで当たり前のように詠唱破棄《はき》して、涼しい顔で多重詠唱のエンチャントまで付与してるの!!）

（張り切りすぎだよ、アリア～!?）

アリアは目を閉じて集中していた。

Bランクモンスターを相手にするには、オーバーキルにも程がある大魔法である。

（これ、正しく発動するとヤバイやつだよね）

冷や汗をかきながら、僕は体内に蓄えられた魔力を解放した。

僕がマナポーターというジョブでありながら勇者パーティに加わることになったのは、天性とも言えるマナ保有量のおかげに他ならない。いかなる測定器を使ってもマナ保有量は計測不能で――事実、僕は一度も魔力切れを経験したことはなかった。

(魔力の質を調整……)

(威力をなるべく抑えないとね)

魔力を注ぎ込むのは、アリアが生成した魔力術式の中だ。

術式が求めるマナを適切に渡すのも、マナポーターの役割だ。

僕は、あえて魔法陣と反発する属性の魔力を流し込んだ。

「オッケー、アリア！　完璧だ！」

「はい！　二重詠唱《デュアルスペル》・イノセント・シャイン！」

杖を真《ま》っ直《す》ぐ水平に構え、アリアが厳《おごそ》かな口調で告げた。

その声に応《こた》えるように現れたのは、長さ数十メートルにも及ぶ巨大な十字架であった。まばゆい光を放ちながら、行商人を襲っていたモンスターを一瞬で消し飛ばしていく。

ついでに周囲のアンデッド型モンスターが、あっさり昇天させられていった。

……南無《なむ》。

「先輩先輩！　どうですか、私の新魔法は！」

「やりすぎ！　ここら一帯を天国にする気!?」

辺りを見渡すと、なんかキラキラ光り輝いていた。

これが聖女の奇跡か。旅をしているだけで、聖地が増えていきそうな勢いだ。

「えへへ、久々の先輩との共同詠唱だと思うと張り切っちゃって！」

てへっと、アリアは笑った。

（信頼されてるのは嬉しいんだけど、無茶するよ!?）

魔法の威力調整も、広義ではマナポーターの役割だと僕は考えていた。

発動者が最大限のパフォーマンスを発揮できるようお膳立《ぜんだ》てするのが、マナポーターにとって最も大切なことなのだ。

「アリア、また腕を上げた？　あの規模の魔法をデュアルスペルなんて、見たことも聞いたこともないよ」

「どんな術式を用意したところで、私では魔力不足で発動できません。先輩がいてこそです」

アリアの目はキラキラと輝いていた。

「とっておきの術式だったのに。一瞬で理解して、ついでのように威力調整と最適化をかけるとか——先輩はどこまで超人なんですか」

「アリアはいつも大げさだよ。それがマナポーターの役割だからね」

「そんな芸当が可能なのは先輩だけです！　……むう。先輩は、いつだって簡単に先に行っちゃいます——ずるいです」

むう、とむくれるアリア。

それは久々に見せた子供っぽい仕草だった。

(勇者パーティでは、聖女らしくあろうと随分《ずいぶん》と気を張っていたからね)

アリアが見せた自然な表情に、僕はちょっと安心するのだった。

そんなことを話していると、助けた行商人がこちらにやってきた。巨大なリュックを背負った小太りのおじさんだ。

「本当にありがとうございます。もう一巻の終わりだと思って……」

こちらが恐縮するぐらいにペコペコと頭を下げてきた。

「気にしないでください。困ったときはお互い様ですから」

「アリアの言うとおりです。無事で良かったです」

アリアは、聖女にふさわしい慈悲深い笑みを浮かべていた。

(すっかり頼もしくなっちゃって)

(何かというと僕の後ろに隠れてた学園時代が嘘みたいだよ)

アリアという少女は、実は大の人見知りであった。

冒険者学園では、そのせいでなかなかパーティを組めずに苦労していた。だからこそ余っていた僕とパーティを組むことになったわけで……、思い返せば奇妙な縁である。

「先輩? どうかしましたか?」

「ううん、ちゃんと聖女してるなあって」

「むぅ……。先輩がよく分かりません」

小さく呟《つぶや》いて、アリアは唇を尖《とが》らせるのだった。

「規格外の高位魔法でした。相当無茶したんじゃないですか？」

駆け寄ってきた行商人が、アリアを気遣《きづか》わしげに見る。

「大丈夫です。マナはすべて先輩に負担してもらいましたから」

「いやいや、冗談きついよ。魔力譲渡であの規模の魔法とか不可能だろう？」

「その不可能を可能にするのが先輩なんです！」

まるで我がことのように、アリアは自慢げだ。

「なあ本当なのか？　魔力譲渡による魔法発動なんて、初級魔法が限界だろう？」

「たしかに魔導隊のマナを丸ごと賄《まかな》うとかだと、初級魔法が限界かもしれませんね。術式を同時に理解するのも限界がありますし」

「はあ？　魔導隊を丸ごとって。この兄ちゃんは大真面目《おおまじめ》な顔で、いったい何の冗談を言ってるんだ？」

行商人は目を丸くした。

何をそんなに驚いているのだろう？

「先ほどの見事な魔法。お嬢さんの方も、もしかしてご高名な魔法使いか？」

「申し遅れました、私はアリアと申します。これでも聖女をやってます」

アリアは優雅にお辞儀をした。

教会公認の聖女――聖女のジョブを持ち、さらには教会から聖女に相応《ふさわ》しいと認定されることで得られる称号だ。聖女の名に恥じない振る舞いを常日頃から心がけ、存分に力を使いこなしたことを証明するある種のステータスでもある。

アリアのお辞儀に合わせ、白い法衣が存在感を示すようにふわりと舞った。どこか気品が漂う貴族顔負けの美しい所作《しょさ》である。

「ま、まさか聖女様だったなんて。どうしてこのようなところに？」

「これでも勇者パーティの一員ですから」

「ということは、こちらのお方は勇者様ですか？」

「いえ、違いますよ。僕はただのマナポーターで――」

慌《あわ》てて否定する僕だったが、行商人はニコニコと笑って受け流すと、

「いえいえ、謙遜《けんそん》はいりません。聖女様と勇者様、実にお似合いです！　私は今日、奇跡を目にしました！」

テンション高くそんなことを言う。

「いや……。だから――」

聖女のアリアがガツンと言えば、この誤解も解けるだろう。

そう思ってアリアの方を見たが、

「私と先輩がお似合い！　えへへ」

アリアは、幸せそうな笑みを浮かべていた。

（ダメだ、アリアがポンコツ化してる！）

そんな僕たちをよそに、行商人はひたすら恐縮した様子で、

「命を助けていただいたうえに、あれほどの奇跡を見せていただきました。少ないですが、今回の謝礼を――」

「え？　そんなに受け取れませんよ。たまたま通りかかっただけですし」

金貨を渡そうとしてくる行商人。

僕は慌てて固辞《こじ》した。

「そ、それならせめてマナポーションのお代だけでも」

「そんなもの使ったこともないです。本当に気持ちだけで十分ですから」

それに貰《もら》っても使う機会がないだろうし。

「先輩は、無限の魔力を持ってるんです。私は、聖女としてはヘッポコですから――いつも助けられています」

「はあ、勇者様ってのは、すごいもんだなあ……」

「いや、だから僕は勇者じゃなくて――」

（アリアがへっぽこ聖女なら、世の中の聖女はみんなポンコツだよ！）

（ああああ、行商人がすっかり僕を勇者だと信じちゃってる。そんなに尊敬の眼差《まなざ》しで見られても、罪悪感しかないよ!?）

内心でテンパる僕に気づく様子もなく、

「これからアクシスの村に帰るところなんだ。是非ともそこで、お礼をさせてほしい」

行商人のおじさんは、いい顔でそんな提案をしてきた。

「先輩、どうしますか？」

「あてのない旅だからね。お世話になろうか」

（道中で誤解を解かなければ！）

四章

勇者パーティ、ダンジョン攻略に失敗する

《勇者パーティ視点》

「クソッ。アリアの奴……」

俺――アランは、頭を痛めていた。

聖女のアリアは、結局、いくら待っても戻ってこなかった。イシュアのような落ちこぼれはともかく、聖女の離脱は大問題である。

（Aランクダンジョンの攻略は、一旦、諦《あきら》めるか？）

（冗談じゃねえ！　こんなところでチンタラしてられるか！）

一刻も早く功績を上げなければならない。

ダメージさえ負わなければ、聖女がいなくてもどうにかなるだろう。

俺は、Aランクダンジョンを舐《な》めきっていた。

アリアが去ってから、勇者パーティの空気は険悪だった。

イシュアの脱退を知るや否《いな》や、賢者のリディルはやる気なさそうに二度寝を決め込んだ。

そして今、俺は魔導剣士の少女――ミーティアに問い詰められている。

「ちょっと、聞いてるッスか？」

淡緑色《たんりよくしよく》の瞳を怒らせ、ミーティアは剣呑《けんのん》な口調で俺に詰め寄った。

「なんだよ！　文句ばかり言いやがって」

「ウチは無駄死にはごめんッス。イシュア様のいない状態でAランクダンジョンの攻略に乗り出すなんて、正気じゃないッスよ！」

「それを判断するのは貴様ではない。リーダーの俺だ！」

思わず声を荒らげた俺に、

「みー、わたしもそう思う。アリアもいないから回復も不安」

リディルが起き上がり、目をこすりながらそう言った。

「そこをどうにかするのが、賢者である貴様の役割だろう！」

「無茶苦茶」

否定的な意見ばかりが返ってきて、苛立《いらだ》ちが募《つの》る。

（くそっ、イシュアの言葉なら二つ返事で頷《うなず》くくせに……）

（俺のパーティだぞ。おとなしく言うことを聞きやがれ！）

一歩も引かない俺を見て、ミーティアは困ったようにため息をついた。

「アラン。どうしても行くなら、せめてマナポーションを買いだめるべきッス」

「そんな無駄な金を使えるか！」

「イシュア様がいない今、マナポーションは命綱《いのちづな》ッスよ。有り金すべてはたいてでも、個数を揃《そろ》えるべきッス！」

「黙れ、不要だと言ったら不要だ！　リーダーの言うことは絶対だ。それとも勇者パーティの地位を失いたいのか！」

俺は苛立ちのままに、ミーティアに怒鳴り返す。

「アラン、本当にどうしたッスか？　そんな暴言を口にするとは思わなかったッスよ」

「うみゅう。アラン、すごく横暴」

「黙れ！　言い訳は許さん。五分で準備しろ」

上手《うま》くいかない現実への怒りをメンバーに叩きつける。

出だしから思わぬケチをつけられたが、こんなことで足を取られるわけにはいかない。

俺は大陸の英雄として、世界に名を馳《は》せる男なのだから。

＊＊＊

そうして俺たちは、Ａランクダンジョンに潜《もぐ》っていた。

世界各地に点在するダンジョンは、冒険者ギルドによりE～SSにランク分けされている。

駆け出し冒険者でも容易に攻略可能なEランクから難易度が上がっていき、Aランクダンジョンともなればベテラン冒険者が集まっても全滅の可能性がある厄介《やっかい》極まりない場所となる。

まあ我が勇者パーティには、無縁な話だけどな。

「さすがはAランクダンジョンだ。経験値の入《い》りも桁《けた》違いだな！」

難易度が高い分、当然実入りもいい。

俺は聖剣を振るいながら、快哉《かいさい》を叫んでいた。

出てくるモンスターは、聖剣を使えば跡形もなく消し飛んだ。これまでと何ら変わらないのに、経験値が貯まる効率はこれまでとは段違いなのだ。

笑いが止まらなかった。

「アラン、そろそろ限界ッス。これ以上は、帰りの魔力が持たないッスよ」

そんなハイテンションに水を差す者がいた。

魔導剣士の少女――ミーティアである。

彼女は何故《なぜ》かいつも使っている魔剣をしまって、短剣を手に戦っていた。

「うみゅう、わたしもガス欠。やっぱりイシュア様がいないと到底持たない」

リディルも杖《つえ》を手にして、訴えかけるように俺に言う。

（これまで起きたこともない魔力切れを恐れやがって）

（こいつら、勇者パーティの一員としての自覚が足りないんじゃないか？）

リディルもミーティアも疲労の色が濃い。

下手《へた》にマナをケチっているせいだろう。

「貴様ら、たるんでるぞ！　勇者パーティの資格を剥奪《はくだつ》されたいのか？」

そう恫喝《どうかつ》すると、彼女たちは渋々《しぶしぶ》と武器を手に取った。

その目には隠しきれない不満が覗《のぞ》く。

（クソっ）

邪魔者を追放して、これからはバラ色の未来が訪れると思っていた。

それなのに、どうしてこんな葬式のような空気になる？

「不安がる必要など何もないだろう。見よ、この目も眩《くら》まんばかりの聖剣の輝きを！」

「はいはい、さすがは勇者様ッスね。でもそれはマナがあってこそッスよ」

ミーティアは面倒くさそうにそう言った。

（このダンジョンで、また一つレベルが上がってマナ保有量も上がっている）

（魔力切れなど、そうそう起きるわけないだろう！）

俺は近くにいたモンスターを、一太刀《ひとたち》で斬り伏せた。

リディルの放つ魔法は、敵を一撃で倒している。ミーティアも魔剣を使って、サクサクと敵を斬り捨てていた。

いつもと何も変わらない。攻略は順調そのものだ。

(圧倒的ではないか、我がパーティは！)

(これならもはや、聖女すら不要！)

不安そうな少女二人を引き連れ、ダンジョンを突き進むこと一時間。

――ついに異変が訪れた。


「アラン、前方からリザードマンが三体来るッス！」

魔導剣士の少女ミーティアが、索敵《さくてき》スキルでモンスターの襲来を知らせた。

リザードマンとは小型のドラゴンから進化したと言われる人型のモンスターである。器用にサーベルを使いこなす凶暴なモンスターであり、表皮は硬い鱗《うろこ》で覆《おお》われており並の武器では傷一つ与えられない。

(まあエクスカリバーなら一撃だがな)

ミーティアが敵を見つけ出し、俺が一刀のもと葬《ほうむ》り去る。

「任せておけ。一撃でエクスカリバーの錆《さび》にしてくれる！」

いつもどおりの風景だ。

俺は不敵に笑い、腰に手を当てた。

『聖剣よ、我が求めに従って顕現《けんげん》せよ！』

普段のように聖句を唱える。

それだけでユニークスキル『聖剣』が発動して、敵を殲滅《せんめつ》するはずだったが、

「あれえ?」

不調は突然おとずれた。

聖剣は呼びかけに応《こた》えず、急激に襲ってくる全身の倦怠感《けんたいかん》。続いて襲ってくるのは、万力《まんりき》で締め付けられているような激しい頭痛。

「ぐあああぁぁ!」

目の前にモンスターがいるにもかかわらず、俺は思わず膝《ひざ》をつく。

生まれて初めて感じる痛みに、まともに立っていることすらできなかった。

「アラン! だから言ったッス!」

ミーティアが、庇《かば》うように俺の前に立った。

「魔力切れッス! そんな大技を連発してたら当然ッスよ!」

ミーティアの口調に余裕はない。

(魔力切れ、だと?)

(そんなこと、今までに一度もなかったぞ!?)

そんなの何かの間違いに決まっている。

これまでの人生で、事実、アランは魔力切れを起こしたことはない。

彼のマナ保有量は、実際のところ常人に比べればかなり多い。ユニークスキルの『聖剣』さえ使わなければ、魔力切れとは縁がなかったのだ。

そして聖剣を手にすると同時に、彼は勇者パーティのリーダーとなった。常に傍《そば》にはイシュアがおり――ついこの時まで、ついぞ魔力切れに陥《おちい》ることがなかったのだ。

「アラン、立てるッスか？」

俺を庇うように、ミーティアはリザードマンたちと向き合った。

ミーティアが構えているのは、何の変哲もない短剣。彼女の得意戦術は、魔剣による魔法と剣術の組み合わせである。

何故《なぜ》、魔力の籠《こ》もらない短剣を使っているんだ？

「おい、魔剣はどうした!?」

「イシュア様抜きに、あんなもの普段使いできるはずが――キャッ！」

相手は凶暴なAランクのモンスターだ。

会話している隙《すき》を見逃さず、リザードマンが鋭く剣で斬りかかった。

短刀でどうにか受け止めようとするも、少女の華奢《きやしや》な体でモンスターの一撃を防ぎきれるはずもない。あっさりパワー負けして吹き飛ばされてしまう。

「おい、たるんでるぞ！　さっきまでは楽勝だったじゃないか」

「マナさえ十分にあれば、こんな奴ら後《おく》れは取らないッス。だからイシュア様抜きで攻略なんて無謀だって言ったッスよ！」

俺の様子をじーっと窺《うかが》うリザードマン。

もはやこちらを大した脅威《きょうい》として見ていない。

眼前の獲物を淡々と狩る目つきだった。

「うわあああぁぁぁぁ！」

生まれて初めての挫折《ざせつ》だった。

俺は一目散《いちもくさん》に逃げ出した。

パーティメンバーを置き去りにして。

「リディル、付いてこい！　俺を守れ！」

「え？　待って。ミーティアが、まだ戦ってる」

「このままだと全滅だ！　勇者の生存が何よりも大切だろう！」

賢者や魔導剣士では、勇者の代わりにならない。

命惜しさに必死に叫ぶが、リディルは頑としてその場を動かなかった。

「戦ってる仲間を見捨てられるわけがない。そんな判断をするあなたに――勇者を名乗る資格はない！」

いつもは眠たそうに、感情を表に出さないリディル。

しかし今は普段とは打って変わって、燃えるような瞳《ひとみ》でこちらを睨《にら》みつけてきた。

「私は最後まで諦めない。絶対に、皆で、帰る！」

リディルは、そう宣言する。

それからリザードマンに押されているミーティアのもとに飛び出していった。

「魔力を使わずに戦えるようになれって、イシュア様からのアドバイス。最終手段は——杖で、殴《なぐ》る？」

リディルは杖を構えたまま、リザードマンへ突っ込んでいく。

詠唱することもなく何をするのかと思えば、

「はぁ？」

リディルは、巧《たく》みな杖捌《さば》きでリザードマンの斬撃を受け止めたではないか。

『スマッシュ・ブロー！』

さらには杖を両手持ちに切り替え、勢いよくフルスイング。

リザードマンを吹き飛ばした。

(う、うっそぉぉぉ!?)

小柄の少女のどこに、そんなパワーがあったというのか。

おおよそ賢者らしくない戦い方。

「賢者にいつまでも前衛を張らせるわけにはいかないッスね」

「ミーティア。怪我《けが》は？」

「ポーション飲み干して無理やり治したッス。こんな志半《こころざしなか》ばで死ねないッスからね」

「うん。同感」

二人の少女は頷き合う。

「イシュア様のチートがないと、ウチたちはこんなもの。嫌になるッスね」

「ほんとにね。それでも最悪の事態は避けられた。いざという時に備えろってアドバイスをくれたから。イシュア様には感謝しないと」

ボロボロになりながら、少女たちは元パーティメンバーの名を口にした。

彼女たちが心の支えとしているのは勇者の俺ではない。

あいつなのだ。

「アラン、撤退ッス。文句はないッスね？」

「こんな奴の許可、必要ない」

俺の返事を待つことすらない。

リディルは、背を向けるとスタスタと歩き始めてしまう。

「ま、待て！　勇者である俺を置いていくなんて許さんぞ！」

「置いてはいかないッスよ。誰かさんとは違うッスね」

ミーティアはチクリと刺すように言う。

ミーティアを見捨てて逃げ出そうとしたのは事実だった。

何も言い返すことはできなかった。

＊＊＊

ダンジョンの帰路。

現れるモンスターに苦戦しながらも、二人は着実に歩みを進めていた。

「単純な剣術だけでも意外と戦えるッスね」

「みー、魔導剣士なら半分は剣士。当たり前」

「耳が痛いッス。今までは魔剣でゴリ押ししてただけ。魔法、剣術の両方が必要な魔導剣士の大変さがよく分かったッス」

(情けない)

(あんなのが魔導剣士と賢者の戦い方だとは)

俺は内心で吐き捨てる。

今の二人の戦いは、魔力を使わない地味なもの。

そんな無様をさらして、なんで楽しそうにしているのか。

『聖剣よ、我が求めに従って――ぐああああぁぁぁ……』

何度か聖剣を使おうとしたが、決まって鋭い頭痛に苛《さいな》まれた。

「クソっ。どうなってるんだ」

「だから魔力切れッスよ」

「ふざけるな、今まではもっと戦えただろう!!　今さら魔力切れに襲われるなど、あってたまるか！」

俺の言葉に、二人は呆《あき》れたような視線をよこすのみ。

「今まではイシュア様の魔力供給のおかげッス」

「いい加減、現実を見る」

「黙れ！　二度とその名を口にするな！」

俺の言葉を聞いて、ミーティアは大きくため息をつくと、

「もういいッス。邪魔せず黙ってれば何も言わないッスよ」

面倒くさそうに、そう返すのだった。

(クソッ、その言い方はなんだ！　俺は勇者に選ばれた男だぞ!?)

(何故、そんな目で見られないといけないんだ！)

帰ったら新たなメンバーを募集しよう。

こんな生意気な奴らではなく、きちんと実力も伴った素直な子がいい。

「なんッスか？」

「どうせ、何かろくでもないこと考えてる」

(といっても、こいつらを捨てるのも勿体《もったい》ないか。見た目だけは好みだしな)

(どうしてもと頼むなら、置いておいてやるか)

もはや現実逃避にも等しい思考かもしれない。

行きが嘘のような危うげな戻り道ではあった。それでも二人の先導のもとダンジョンを進み、ようやく待ちに待った出口が見えてくる。

「た、助かった!」

「助かったッスね! 今回ばかりは、もう駄目かと思ったッス!」

「うみゅう、疲れた……」

そうして俺たちは、命からがらAランクダンジョンから逃げ帰ったのだった。

五章　マナポーター、アクシス村で勇者として物凄く歓迎される

行商人のおじさんをモンスターの襲撃から救い出した僕たちは、お礼をさせてほしいというおじさんの案内で近くの村まで同行することになった。

荷台に乗せてもらって移動すること数時間。

僕たちは、アクシス村に到着した。

アクシス村は、畑の目立つ小さな集落であった。

まばらに人影が見える程度で、良く言えばのどか、悪く言えば寂《さび》れた村。

「おじさん！　そっちの人たちは誰ですか？」

「ふっふっふ。聞いて驚け！　なんと聖女様と勇者様だ！」

こちらに気がつき、ひょこひょこと少女が近づいてきた。

「だから僕は勇者じゃ――」

「モンスターに襲われたところを、凄《すさ》まじい神聖魔法で助けてもらってなあ……」

「こんにちは、聖女のアリアです。おじさんのお招きにあずかり寄らせていただきました」

ひょこっとアリアが顔を出した。

「こんな寂れた村まで、ようこそおいでくださいました。何もないところではありますが、どうぞゆっくりしていってくださいませ！」

「小さいのにしっかりしてるね。偉い、偉い！」

アリアは屈《かが》み込み、少女の頭を優しく撫でた。

小さい子が相手なら、アリアの人見知りは発症しないのだ。

「おやまあ、聖女様と勇者様がこんな所まで。立たせておくなんてとんでもない――すぐに宿屋に案内しなければ！」

「この聖女様可愛い！　お持ち帰りしたい！」

「勇者様が!?　握手してくれ、隣町の奴にうんと自慢してやるんだ！」

（え、ちょっ。なにごと、なにごと!?）

僕たちのことを聞きつけたのか、わらわらと村の入り口に人が集まってきた。

小さな村なので、こうして旅人が訪れるのも珍しいのだろう。

「ううっ。先輩、助けてください！」

村人に囲まれ、アリアは涙目になった。

「……聖女だなんて大声で言ったら、こうなるに決まってるよ」

こういうのも久々だな、と僕はため息をつく。

アリアは努力家だ。聖女に相応《ふさわ》しくあるため人付き合いの苦手さを克服し、普段は人前では完璧な笑みを作り出せるようになった。しかしキャパシティを超えてしまうと、取り繕《つくろ》う余裕がなくなってしまうのだ。

「ちょうど村の特産品のヒューガナッツが取れたところなんですよ！　是非とも勇者様に食べてほしいです！」

「うう……」

——今のように。

仕方ないな。

「歓迎していただき、ありがとうございます。このような素敵な村に来られて幸せです」

僕はアリアを庇《かば》うように前に出て、丁寧《ていねい》に頭を下げた。

彼女はぴゅーんと僕の後ろに隠れる。

(う～ん、アリアは変わらないなあ)

(最近はだいぶ良くなったと思ってたんだけど……)

幸いアリアの様子を不審に思った者はいない。

代わりとばかりに、僕の方にも木の実の山を差し出した。

「バカ！　ハムスターじゃないんだよ。勇者様に精製してないヒューガナッツをそのまま出す馬鹿がどこにいるんだよ!?」

「申し訳ありません。最近はマナ不足が酷《ひど》くて、精製器のメンテナンスが追いつかなくて。畑を耕すのも人力だと限界があるし、これからの作業を思うと気が重くなるな」

マナ不足か。

それなら僕の出番だね。

「だから僕は勇者じゃありませんって！　それはそうとして、マナ不足が原因なら僕の方でどうにかできると思いますよ」

「そ、そんな！　勇者様に雑用みたいなことをさせるわけには……」

(すっかり勇者呼びが定着してしまった……)

「気にしないでください。そういう裏方作業は、僕がもっとも得意とするところです」

まごうことなき本心である。

そうして僕たちは、精製器が保管されているという村の一角に案内された。

＊＊＊

目の前に並べられているのは、見るからにボロボロの農業用の機材たち。

「酷《ひど》いもんでしょう。どうにか長年騙《だま》し騙しでやってきましたが……」

そう説明するのは、これらの機材を使っていた村の農家のおじさんだった。我が子を慈《いつく》しむような眼差《まなざ》しは、古くなった機材への愛着を感じさせた。

（それほど状態も悪くなさそうだ）

（これならマナを注いでやるだけで大丈夫かな？）

『フルチャージ！』

体内のマナを人間以外の物体に注ぐのも、僕にとっては慣れた行為だ。勇者パーティでは、ミーティアが使っていた魔剣のメンテナンスも請《う》け負《お》っていた。それと似た要領だ。

体から湧き出してくる無限にも等しいマナを、適した形でそれぞれの機材に流し込んだ。ついでに汚れには、反発する属性のマナをぶつけて浄化する。

「どうでしょうか。メンテナンス不足で錆《さ》びついていたので、ちょっと強引に魔力で洗い流してみました」

ピカーンと発光し、次の瞬間にはピカピカに磨き上げられた機材が目の前に現れた。

一瞬のことに村人たちは呆然と目をまたたく。

「な、動力源がいかれて諦《あきら》めてたやつも復活してないか!?」

「マナを整えてやれば、まだまだ現役ですよ」

僕は集まった人々に説明する。

「傷《いた》んでた魔法陣にも手を入れたので、当分は持ちます。応急処置なので、もちろん専門の技師に見てもらうに越したことはないと思いますが」

ひと仕事終え、充実感に汗をぬぐう。

経験のない作業だったが、マナポーターの能力はこんな場面でも使えるようだ。集まった村人たちは、感動したように僕のことを見ていた。

「ど、どうしたんですか!? 僕はただマナを注いだだけですよ」

「いやいや!?」

「劣化した術式の復元なんて、一流技師の仕事だ。それだけでなく、これほど多くの機材をマナで満たすなんて！」

「勇者様ともなるとやっぱり違うんだな！」

「だから僕は勇者じゃないですって！」

(この誤解、絶対にろくなことにならないよね!?)

勇者どころか、ただのマナポーターなのに。

「これほどの技を見せつけられては、勇者と認めざるを得ません！ マナ不足と農業機材の老朽化――そう遠くない将来、この村の農業は行き詰まっていたでしょう。一瞬で村を救っていただいて感謝しかありません！」

さらには村長だと名乗った老人が、そんなことを言って深々と頭を下げるではないか。

「やめてください！ というか僕は、勇者じゃなくて……」

「どんな事情で正体を隠そうとするのかは存じませんが――分かりました。あなたが勇者でないというのなら、きっとあなたは勇者ではないのでしょう」

私はすべて分かっています、みたいな顔で頷《うなず》いているけど違うからね⁉

「勇者だと騙《かた》って甘い汁を吸おうという輩《やから》を、これまで山ほど見てきました。私には分かります――やっぱり本物の勇者様ともなると、心の清らかさが違います！」

ダメだ！　何を言ってもまったく話を聞いてくれない⁉

「ちょっと、おじいちゃん。一度でも偽者《にせもの》だと疑ったみたいな発言、勇者様に失礼でしょう」

「大変失礼しました。あなた様のことは、一生忘れません！」

「勇者様と聖女様――本当にお似合いでございます！」

（違うって、さっきから言っているのに！）

「アリア、アリアからも誤解だって言ってやって！」

「えへへ。私と先輩が、お似合い。お似合い！」

アリアは、だらしない笑みを浮かべていた。

（ダメだ⁉　アリアがポンコツ化している！）

普段は冷静沈着なアリアだが、何かの拍子《ひょうし》にこうなってしまうのだ。

「宴《うたげ》だ！　勇者様を歓迎するために宴を開くぞ‼」

「酒だ。とっておきの酒を開封するぞ！」

その後、アクシス村では勇者を歓迎するためにパーティが開かれることになった。

＊＊＊

日が沈んで夜が訪れる頃、アクシス村ではパーティが始まろうとしていた。

僕たちは村の真ん中にある広場に通され、村人たちにより盛大にもてなされていた。

マナを供給した機材を使って精製されたヒューガナッツと、村の特産品である新鮮な野菜が盛大に振る舞われる。

「先輩先輩！　これも美味《おい》しいですよ！」

問題は振る舞われていたものの中身であった。

「アリア!?　それ、お酒～！」

「大丈夫ですよう、先輩～♪　酔いなんてヒーリングで一撃です♪」

アリアは、絶望的なまでにお酒に弱い。おまけに性質《たち》の悪いことに、そのことをまったく自覚していなかった。

果実酒の口当たりの良さは、まるでジュースだ。

ごくごくと飲めて、気がついたら酔いが回っている危険物でもある。

「本人が酔ってたらヒーリングもなにもないよ」

さりげなくアリアのお酒を回収しようと手を伸ばすが、アリアは軽やかに回避すると、

「大丈夫ですよ～♪」

上機嫌にそう微笑んだ。

止める間もなく手にしたお酒を一気飲みし、

「次はこっちにします～♪」

「おお！　聖女のお嬢ちゃんは、いい飲みっぷりだな！」

「アリアはお酒に弱いんです。あまり飲ませないでください！」

「大丈夫ですって～♪」

「勇者様。祝いの場で、固いことは言いっこなしだぜ！」

村人は高揚した顔で、ガッハッハと楽しそうに笑うのみ。

それからもアリアは注がれるがままに順調にお酒を飲み干していたが、何を思ったのか――

「ア、アリア!?　落ち着いて～!!」

すりすり、と甘えるように体を寄せてくるではないか。

「えへへ～。私は大丈夫ですよう♪」

まったく大丈夫じゃなさそうなアリアは、何が楽しいのかケラケラと笑っていた。

（アリアにアルコール！）

（駄目、絶対！）

ああ、もう。こうなるって分かってたら、お酒を取り上げるべきだった。

テンパる僕に追い討ちをかけるがごとく、アリアは僕に抱きつくように身を寄せてきた。酔った勢いなのだろう。

ぷにゅり、ぷにゅり。

むにゅっと柔らかいふたつの感触が、ダイレクトに腕に伝わってくる。アリアはケロッとした顔をしているが、僕としては気が気でなかった。

「あ、アリア？　何か当たっちゃいけないものが当たってるような――」

「今さら何を言ってるんですか～。当ててるんですよ～♪」

だめだ、アルコールが入ったアリアはいろいろな意味で危険すぎる！

（何かあったら後悔するのはアリアだ）

（ここで流されるようじゃアリアの先輩失格だよ）

僕は理性を総動員して、どうにかアリアを引き離す。普段は意識していなかったが、ふわりと女の子らしいいい匂《にお》いが漂ってきた。

「うう……。先輩のガードが鉄壁です……」

冷静に、冷静に。アリアはお酒で理性を失っているだけだ。

冒険者学園時代から、アリアは学園でもトップを争うレベルの美少女であった。密《ひそ》かにアリアを慕《した》う男生徒の存在は数知れず――そんなアリアなのに、本人はいたって恋愛ごとには無頓《むとんち》着《やく》なのだ。

（もう……）

（僕じゃなかったら、そのまま襲われても文句は言えないよ）

ふう、とため息をつくと、とろんとした目をしたアリアと視線が交わった。

「先輩は……、嫌なんですか？」

「嫌とかじゃないけど。アリアはもう少し、自分を大事にした方がいいと思う」

悲しそうな声でそんなことを言われると、罪悪感が凄《すご》い。けれどもここは耐えなければ――酔った勢いで何かあれば、最終的に気まずい思いをするのはアリアなのだから。

「もう。先輩はいつだって、そうやって――」

不満そうにしていたアリアだったが、やがては諦めたように目を逸《そ》らすと、ふにゃりと柔らかい笑みを浮かべるのだった。

（聖女らしさが身についてきて、随分《ずいぶん》と大人びたと思ったけど――）

（やっぱり変わらないところもあるよね）

後輩の成長が頼もしい反面、少し寂しく思う気持ちがなかったと言えば嘘になる。こうして素《す》の表情を見せてくれることは貴重であり、素直に嬉しく思った。

アリアとは、冒険者学園時代からの付き合いだ。冒険者学園を卒業したら、そのまま同じ勇者パーティに配属されることになり――長く続く不思議な縁である。

パーティを追放されたときは、一人きりでの再スタートも覚悟したけれど。

「なんだか不思議な縁だね。学園だけでなくパーティ配属も同じ。追放されても、こうして一緒に旅をしてる。アリアと会えて良かったよ」

「なっ、先輩!?」

思わずこぼした呟《つぶや》きだった。

アリアは驚いて目をパチクリとしたが、

「えへへ、私もです」

すぐに幸せそうに微笑むのだった。

翌日の朝。

「またいつでも来てくださいね」

「アクシスの村は、いつでも勇者イシュア様のまたのご訪問をお待ちしています!」

名残惜《なごりお》しそうな声に見送られて、僕たちはアクシス村を出発した。

六章

勇者パーティ、崩壊する

Aランクダンジョン攻略に失敗した俺は、ダンジョンから出るなり反省会を開いた。

（道中の敵は、ほとんど俺が倒した）

（レベルは間違いなく足りている。となれば原因はパーティメンバーだ！）

「リディル、ミーティア！　今日のダンジョン攻略の失敗は貴様たちのせいだ。これ以上、足を引っ張ることは許さんぞ！」

「はあ!?　戦う必要もない敵に突っ込んでいって、真っ先に魔力切れで倒れたのはアランじゃないッスか！」

生意気にも言い返してくるのは魔導剣士のミーティア。

「黙れ！　あれは、魔力切れではない。ちょっとタイミング悪く頭痛に襲われただけだ！」

俺はムキになって怒鳴り返す。

あの落ちこぼれの言うことが真実だなどと、認めるわけにはいかなかった。

「パーティを全滅させかけて、まだ分からないッスか!?」

「やめよ、ミーティア。こんな奴、相手にするだけ無駄」

怒りを真っ直《ま》ぐ《す》に向けてくるミーティアなどはまだいい方だ。リディルに至っては、路傍《ろぼう》の石でも見るような眼差《まなざ》しで俺のことを見ていた。

「待て！　貴様には、言いたいことが山ほど――」

「後にして。わたしもミーティアも疲れてる」

リディルは、ミーティアを連れてテントに向かう。

（クソッ。なんだっていうんだよ）

（優秀な仲間が加入したら、真っ先にクビにしてやるからな！）

こんなところで足踏みしていられない。

明日には必ずAランクダンジョンを攻略してみせる！

苛々《いらいら》が収まらなかったが、そんな決意とともに俺も遅れて眠りにつくのだった。

＊＊＊

翌日の朝。

「今日こそダンジョン攻略を成功させるぞ！」

「馬鹿なの？　自殺志願者なの？　二日連続でダンジョンとか無理」

勢いよく宣言した俺に冷や水を浴びせたのは、昨日から機嫌が悪いリディルだった。

「黙れ！　勇者パーティの立場を失いたいのか？」

カッとなって叫んでしまい、凍りついた空気に気づく。

眠そうなリディルは、みるみるうちに無表情になった。

「まだ言う？　私、イシュア様のいないパーティなんて未練ないよ」

「なんだと!?」

「命がけで助けたミーティアにお礼の一つもなし。何様？」

溜まっていた不満が噴出したのだろう。

ミーティアの怒りが炎だとすれば、この少女の怒りは冷たい氷。

「ふん。杖《つえ》を振り回す賢者など、こっちから願い下げだ。そんなに言うなら――」

「あなたに付いていったら、いずれは命を落とす。あなたは勇者に相応《ふさわ》しくない」

リディルの目は、本気も本気。

あからさまなパーティ崩壊の始まりであった。

（いずれ切り捨てるつもりだったが……。今はまずい。まずいぞ！）

もともとは五人もいた勇者パーティだ。ここでリディルが抜けてしまえば残りは二人。まるで勇者パーティで、大きなトラブルがあったようではないか。

「はいはい！　どっちも冷静になるッス。でもウチとしても、今日はしっかり休んで態勢を整えるのに賛成ッス。いいっスよね、アラン？」

「まったく、ミーティアは優しすぎる」

幸いにしてミーティアが間に入ることで事なきを得た。

しかしダンジョンに再挑戦はせず、近くの村で休息を取る方向に話が進んでいる。その判断を覆《くつがえ》すだけの信頼を、俺は勝ち取っていないのだ。

「仕方ない。ここから近くの村といえば、アクシスの村だな」

「ヒューガナッツが特産品らしいッスね。楽しみッス！」

「ふむ、勇者パーティが立ち寄るとなれば、きっと様々なものが献上されるだろう。ど田舎《いなか》であまり期待できんがな」

「……はあ。そうッスね」

やる気のない相槌《あいづち》。

リディルは、興味なさそうにぽけーっと雲を眺めていた。

＊＊＊

「いらっしゃいませ旅の方。アクシスの村にようこそ」

アクシスの村に到着した。

俺たちを出迎えたのは、恰幅《かっぷく》のいいおばちゃんだった。

「俺はアラン、勇者だ。ダンジョン攻略に苦戦していてな。宿を探しているところだ」

「あれまあ。また勇者様かい？」

おばちゃんが、驚きの表情を浮かべた。

「またってことは、ここを訪れた勇者が他にいるのか？」

「ああ。あんたも知ってるのかい？　勇者イシュア様――礼儀正しくて謙虚で、本当に素晴らしいお方だったよ」

（イシュア、だと⁉）

思わず耳を疑った。

「はあ⁉　イシュアの野郎が勇者とか、なんの冗談だ」

「む、なんだいその言い方は。あのお方は、見ず知らずの行商人を当然のように助けて、村が抱《かか》える長年の問題もあっさり解決した。まさしく英雄のような方だよ」

あの落ちこぼれに、そんな芸当は不可能だろう。

名前だけ一致している別人か？

「一緒に連れていた聖女――アリアちゃんも、すごい可愛らしい女の子でさ。お似合いの二人だったよ。聖女様の祈禱《きとう》まで授《ま》かって、一生分の奇跡を目の当たりにしたよ！」

艶々《つやつや》した顔で、おばちゃんは嬉しそうに笑う。

（アリアとイシュア、か。間違いねえ！）

（あいつが勇者なんて、あり得ないだろう！）

何がお似合いだ。

お似合いと言うなら、勇者である俺の方だろう。

「イシュアの野郎が勇者だなんて、そんなの間違いだ。あいつは俺のパーティでも落ちこぼれの能なしで……」

「おい、あんた！　村の英雄を悪く言おうっていうのかい？」

俺が思わず反論すると、おばちゃんは目を尖《とが》らせてこちらを睨《にら》んできた。

俺の言うことは、なにも間違っていない。

なぜ、そんな目をされないといけないんだ？

「イシュアは悪質な詐欺師《さぎし》だ。マナを供給しているとホラばかり吹き、最後は俺に追放された能なしだ！」

「なっ、アラン！　どういうことッスか!?」

「アランが、イシュア様を？」

「あ――それは、その……」

リディルとミーティアは、愕然《がくぜん》と目を見開いた。

しまったと思った時には、手遅れだった。カッとなって口に出してしまった真実を、今さら隠すことはできるはずもない。

「もういい。あんたを相手にしても仕方ないからな。この村で一番の宿屋に案内してくれ」

「そこの道を真《ま》っ直《す》ぐ進みな。一晩泊まったら、すぐに出ていくこったね」

「こんな寂《さび》れた村に用はない。そうさせてもらおう」

　これ以上は話すこともない。

　そう言わんばかりにおばちゃんは立ち去ろうとした。

「ついでに道具屋にあるポーションとマナポーションを、いくつか融通《ゆうずう》してもらおう。明日からのダンジョン攻略に必要なんだ」

「見たところ、あまり金持ちには見えないけど……。払えるのかい？」

「は？　金を取るつもりか？　勇者である俺に村人が協力するのは当然だろう？」

　村でのアイテム徴収は、数ある勇者特権の一つである。

　こういう時のための勇者の肩書きだ。当然のように口にした俺だったが、おばちゃんの目が剣呑《けんのん》な光を帯びた。

「アラン、なに馬鹿言ってるッスか!!」

　ミーティアが、我慢できないとばかりに口を挟んできた。

「勇者パーティの権利だろう。行使して何の問題がある？」

「特別事態ならそうッス、けど今は――ああもう、どうしてアランはいつも！」

「アラン、人が集まってくる」

リディルが、辺りを警戒するように言った。

彼女の言うとおり、武装した村人がこちらに向かって集まってきていた。

「ボロを出したね。本物の勇者さまが、そんな横暴を働くはずがない！　あんたは勇者を騙《かた》って物品を巻き上げる偽《にせ》勇者だね！」

「ふざけるな！　俺たちは正真正銘の勇者パーティだ。偽者はイシュアの野郎だ！」

「おだまり！　たとえ本物だとしても、あんたのことは信じられないね！」

「そうだそうだ！　イシュア様は、礼金すらいらないと言ってくださった。あんたのような、はなからこちらを見下してる奴とは違うんだよ！」

村人たちの怒りは凄《すさ》まじかった。

「偽者は出ていけ！」

「アイテムを無償でよこせとか、ふざけんじゃねえ！」

「イシュア様を悪く言う奴は許さねえ！」

村人総出で、口々にこちらを罵《ののし》った。

さらには何かを投げつけてくる。たまご、ウシのフン、さらには拳大の石まで。

「アラン、ここまで怒らせちゃったら泊まるのも無理ッス！」

「自業自得《じごうじとく》」

（くそおお！）

　こうして俺たちは、アクシスの村を追い出された。

＊＊＊

「アラン、イシュア様を追放したってどういうことッスか！」

　村を出るなり、ミーティアが俺を怒鳴りつけた。

　俺の正面には、怒りを隠そうともしない少女が二人。

「役立たずの無能を置いておいても、仕方あるまい。勇者パーティには相応しくないクズを追放しただけだ」

　バレたものは仕方ない。

　俺は開き直って真実を告げることにした。

「呆《あき》れたッス。ウチらにはイシュア様は逃げ出したって嘘をついたッスね」

「信じられない」

　少女二人は、失望をあらわに吐き捨てる。

　二人の不気味な物静かさが、かえって怒りの大きさを物語っていた。

「でも、良かった。私たちは、イシュア様に見捨てられたわけじゃない」

「でもパーティから追放ッスよ。あれだけお世話になったのに――普通に考えれば、とっくに愛想を尽かされてるッスよ」

ミーティアが言うと、リディルは力なくうなだれた。

「アラン、これからどうするッスか？　このままAランクダンジョンにリトライしても結果は見えてるッスよ」

「うるさいな。それを今から考えるんだろう！」

思わず怒鳴りつけると、ミーティアは鼻白んだように黙り込んだ。

（余計な口出しをしないで、黙って俺の言うことを聞けばいいんだ）

（少しばかり可愛いからって、調子に乗りがやって！）

それに引き換え、アリアは良かった。

聖女と呼ぶに相応しい微笑は、遠くから眺めているだけでも心が洗われた。

結局、あの笑みは俺に向けられることはなかったが、いつか俺こそが隣に立つべきだと分かる日が来るだろう。

「アラン、素直に謝るしかないッス。何とかイシュア様に戻ってきてもらえれば――」

「ふざけるな!!　なぜ俺があんな野郎に謝らないといけないんだ！」

真剣なミーティアの言葉を、俺は一蹴《いっしゅう》した。

思えばやり直せる最後のチャンスはこの時だったのだろう。しかし俺は、苛立《いらだ》ちのままに拒絶の言葉を口にした。

パーティメンバーの提案に、決して耳を傾けることはなかったのだ。

「ミーティア、リディル、命令だ！　どんな手段を使っても構わん。明日までにマナポーションを集めて――」

「ここまでッスね」

「そうだね」

俺の言葉を遮《さえぎ》るようにして。

二人の少女は、ポケットからライセンスを取り出した。

勇者パーティの一員であることを示す誰もが羨《うらや》む証明書だ。

「何のつもりだ？」

「お返しするッス」

「アラン、あなたにはついていけない」

ミーティアとリディルは、ライセンスをあっさりと突っ返した。

勇者パーティメンバーの地位も俺のことも、まるで興味ないと言わんばかりに。

「ま、待て。勇者パーティの一員だぞ？　絶対に後悔するぞ！」

「ウチは別に、死ぬのは怖くないッス。それでも――命を捧《ささ》げる対象ぐらいは、自分で決めるッスよ」

「あなたはリーダーとして失格」

キッパリと言いきられた。

「私たちは、すべての負担をイシュア様に押し付けてた。イシュア様なしで戦えないパーティなんて、元から歪《ゆが》んでたんだよ」

「それなのに、リーダーのアランがそんなことにも気がついてなかったなんて。あろうことか、その恩人を追放なんて――本当に失望したッスよ」

そう言い残し、ミーティアとリディルは去っていった。

二度と振り返ることはなかった。

（ふざけるな、俺は勇者だぞ。勇者パーティだぞ!?）

（なんでこんなことになったんだ！）

残された俺は、地団駄を踏みながらも引き止める術《すべ》を持たなかった。

イシュアへの憎しみが心に広がるが、

「待てよ？」

ふと思いつく。

たしかにイシュアのことは追放した。

もう一度だけ、パーティに迎え入れてやるというのはどうだろうか。

そうすればアリアや出ていったメンバーたちも戻ってくるだろう。

（落ちこぼれを、再び勇者パーティで雇ってやるんだ）

（泣いて喜ぶに違いない！）

いいことを考えついた、とばかりに俺は笑みを浮かべるのだった。


そもそもの話、イシュアは落ちこぼれではない。

村一つの危機をアッサリと解決する規格外の魔力の持ち主なのだ。

それにイシュアは、既《すで》に勇者パーティにまったく未練がない。

アランがこだわる「勇者パーティメンバーの肩書き」に、興味すらないのだが——残念ながらアランはそのことを知らない。

勇者パーティに誘えばイシュアが泣いて喜ぶと、本気で信じていたのである。

「勇者スキル『パーティ・ディスカバリ』。居場所は、新人の街ノービッシュか」

まずはアリアの居場所を突き止める。

傍《そば》にはイシュアもいるはずだ。

「俺はこんなところでは終われない！」

決意を新たに、俺はイシュアを追いかけるのだった。

＊＊＊

一方、そのころ。

「今からでもイシュア様と合流する」

「うん、頼りっぱなしじゃない。パーティメンバーとして——やり直すッス」

二人の少女は、決意を新たに森の中を突き進んでいた。

「たまたま取得してた探知スキルと、たまたま持ってたイシュア様の髪の毛を使って」

「奇遇ッスね！　ウチも探知スキルと——偶然にも！　イシュア様のハンカチがここに！」

「みー。偶然？」

「偶然ッスよ。偶然……？」

「みー。偶然」

二人は顔を見合わせ、じとーっとした眼差しを交差させる。

それから同時に探知スキルを使った。真剣な顔で行き先を探り、

「「行き先は、新人の街ノービッシュみたい（ッスね！）」」

ほぼ同時に叫ぶ。

こんなこともあろうかと二人の探知スキルは超一級品だったのだ。

そうして少女二人もノービッシュに向かう。

すべては尊敬してやまないイシュアと合流するために。

「イシュア様の魔力が恋しい。またいっぱいなでなでしてほしい」

「抜け駆けはＮＧッス！」

「うみゅう、いつもミーティアばっかり。ずるい」

「ウ、ウチは魔剣のメンテをしてもらってるだけッス！　何もやましいところはないッス！」

そんな軽口を叩き合いながら。

七章

マナポーター、冒険者登録をする

アクシス村を後にした僕たちは、冒険者登録をするため『新人の街』と呼ばれるノービッシュに立ち寄っていた。

ノービッシュの街は、冒険者を中心に栄える中規模の街である。冒険者といえば、実力主義が当たり前の世界。しかしこの街は、未来への投資も兼ねて新人冒険者を手厚くサポートすることでも有名で、数々の有名な冒険者を輩出している。勇者パーティのライセンスを返却し、一からスタートするにはもってこいの街であった。

「アリア、本当にいいの？　今なら勇者パーティに戻ることも――」

「くどいですよ、先輩！」

アリアは言葉を遮《さえぎ》るように、僕の口に人差し指をそっと当てた。

「先輩と一緒だから、私は勇者パーティにも入ったんです。先輩と一緒なら、あっという間にSランク冒険者の仲間入りです！」

ただ当たり前の事実を口にするように、アリアは言った。

（僕を信じてくれたアリアのためにも。情けないところは見せられないね）

僕は密《ひそ》かに気合いを入れ直す。

そうして僕たちは、冒険者ギルドを訪問するのだった。

＊＊＊

冒険者ギルドは酒場を兼ねた食堂を併設していた。

大勢の視線を集めてしまい、アリアはぴゅ～んと僕の後ろに隠れてしまった。

「いらっしゃいませ。当冒険者ギルドを利用するのは初めてですか？」

受付に向かった僕たちを、愛想のいい受付嬢が迎えてくれた。エプロンがよく似合う同い年ぐらいの少女だ。

「今までは別の場所で活動していたので、ここを使うのは初めてです」

「かしこまりました。何の御用ですか？」

「新たに冒険者登録をさせてください。旧ライセンスはこれです」

僕は勇者パーティのライセンスを渡す。

僕とアリアの二人分。あらかじめ話し合っていたとおりだ。

「それは――お役目、ご苦労様でした」

受付嬢は慣れた手つきで、勇者パーティのライセンスを受け取った。

勇者パーティのライセンスは、通常の冒険者のものとは異なる特殊なものだ。様々な特権を得られる代わりに、管理はシビアで有効期限は勇者パーティ在籍中のみである。脱退したら速《すみ》やかにギルドに返却する必要があるのだ。

「マナポーター、ですか。それと——聖女。聖女？　あの……。勇者様は、聖女様のことを追放したのですか？」

「私は追放者ではありません。先輩に付いてきたんです！」

ひょこっと背中から顔を見せて、アリアが答えた。

「それでは聖女様は、勇者パーティを飛び出してきたのですか？　マナポーターの後を追いかけて？」

「はい！　何かおかしいですか？」

「おほん。ギルドは常に人手不足。実力さえあれば喜んで迎え入れます！」

受付嬢は首を傾《かし》げたが、そのままステータス測定用の水晶を差し出した。

「こちらに手をかざしてください」

「先輩、見ててくださいね！」

アリアがそう言いながら、水晶に手をかざした。

「体力C、攻撃力B、防御力B、知力S、魔力量S！　さすがは聖女様です。すごい魔力量と知力です！」

ステータスはF～Sランクまでに分類される。冒険者ギルドがステータスの格付けを定義しており、Fランクを一般人レベル、Aランク以上のステータスなら同業者からも一目《いちもく》置かれる数値となる。レベルが上がればステータスのランクが上がることもあるが、基本的には生まれ持っての素質も大きいと言われていた。

「聖女失格と言われないで良かったです。次は先輩の番ですね！」

アリアのキラキラした眼差《まなざ》しを受けて、僕も水晶に手を伸ばす。

前にステータスを測定したのは、冒険者学園にいた時だろうか。勇者パーティでの経験を経《へ》て、冒険者学園にいたときよりステータスも上昇しているはずだ。

久々のことで、僕としても結果が気になった。

「体力A、攻撃力B、防御力B、知力A、魔力量がSSS《トリプルエス》!? そ、そんな馬鹿な。測定器の故障のようなので少々お待ちください」

「測定結果は、それで合ってると思いますよ。私、先輩の魔力が尽きたところを見たことがありませんから！」

「そんな馬鹿な……」

自慢げなアリアだったが、受付嬢は半信半疑だ。

受付嬢が新たに水晶玉を持ってきたが、結果が変わることはなかった。

「魔力ＳＳＳのマナポーターですって⁉　こんなステータスが存在してるんですね。生まれて初めて見ました」

「ありがとうございます。マナの多さには、少しだけ自信があるんです」

「少しなんてレベルじゃないですよ」

受付嬢は、しげしげと水晶の結果を見直していた。

「先輩は、パーティ全員のマナを供給してました。まさしくパーティの要《かなめ》だったんです」

「はぁ？　パーティの魔力を一人で？　そんなこと不可能でしょう。あまりマナを使わないパーティーだったんですか？」

「いいえ。勇者と聖女、賢者と魔導戦士。みんなバンバン魔力を使ってました」

「最高位の魔法ジョブばっかりじゃないですか。どういうことなんですか⁉」

受付嬢は驚愕《きょうがく》に目を見開いた。

オーバーリアクションは、彼女なりの敬意の表れなのかもしれない。

「マナポーターの役割に忠実だっただけです。メンバーが気持ち良く魔法を使える環境を作り出すことが、僕の務めですからね」

「う～ん。それが本当なら――あまりに規格外すぎて、ちょっと初期ランクに迷います」

前述したように冒険者にはＦ～Ｓのランクが存在する。登録時点では受付嬢が判断してＦかＥかを言い渡されるのが大半らしい。

「私たちはパーティ結成以来、一度も魔力切れになったことがありません。先輩は世界で一番のマナポーターです！」

アリアが身を乗り出して僕のことを猛アピール。

なるほど。冒険者ランクを少しでも上げてもらおうとしているのかな。なら僕も――

「アリアは、独自のアレンジを加えた術式を使います。最上位魔法にデュアルスペルだって付与できます。まさしく世界一の聖女です」

「せ、先輩……。持ち上げすぎですよ」

そう力説すると、アリアはすごく照れた様子で僕から目を逸《そ》らしてしまった。

あれ……？

「ふふっ、お互いを信頼し合ってるのがよく分かります。お似合いですね」

「私と先輩がお似合い。えへへ」

あ、だめだ。

またアリアがポンコツになってる。

「いや、僕とアリアはそういうんじゃ……」

「はいはい、ごちそうさま」

ジト目でこちらを見る受付嬢。

それからテキパキと手を動かし、申込用紙に何かを記入していく。

「Cランクからで、どうですか？」

「え、初期ランクですよね？　FかEスタートじゃないんですか？」

「無限の魔力を持つイシュアさんと、天才聖女のアリアさん。お二人をEランクとしておくのは、ギルド全体の損失です！」

受付嬢はテンション高く言いきった。

（マナポーターというのは、決して表立って活躍するジョブじゃないんだけどね）

（それでも正当に評価してくれる場所なんだな）

じんわりと胸が温かくなる。前パーティでは、勇者からの理不尽《りふじん》な言いがかりに悩まされた。

ギルドの公平さはありがたい限りだ。

「お二人の活躍を期待しています！」

受付嬢は楽しそうに笑った。

こうして僕とアリアは、ギルドでの冒険者登録を終えたのだった。

＊＊＊

「おい！　ちょっと待てよ！」

冒険者登録を終えた僕たちに、そんな声がかけられる。

視線を向けると目つきの良くない筋骨隆々《きんこつりゆうりゆう》のおっさんが、底意地の悪そうな笑みでこちらを見ていた。

「うわあ。ダミアンさんだ」

受付嬢が、思いっきり嫌そうな顔で呟《つぶや》いた。

「冒険者ですよね？」

「はい、Cランクの斧《おの》使いです。腕はたしかなんですけど、素行が悪くて。クエストでトラブルを起こすことも多くて、困ってるんです」

受付嬢がひそひそと僕に話しかける。

ダミアンは手にした武器を脅《おど》しのように見せつけながら、言葉を続けた。

「マナポーターごときが、俺様とおなじCランクだと？　いつからこのギルドは冒険者ランクが機能しなくなったんだ？」

「な!?　何も知らずに、先輩のことを悪く言わないでください！」

アリアが果敢《かかん》にも言い返すが、ダミアンはまるでこたえた様子もない。

「聖女の嬢ちゃんも可哀そうに。こんな弱っちい奴と一緒じゃ、いつまで経《た》っても昇格は望めないぜ？　そうだ、俺様と一緒に――」

ゲスな笑みを浮かべるダミアン。

アリアは気丈《きじよう》にも睨《にら》み返したが、その手は小さく震えていた。

（冒険者同士の揉《も》め事は、当事者同士での解決が基本）

（飛んできた火の粉ぐらいは払わないとね）

「ダミアンさん、要するに僕が実力を示せばいいんですよね？」

「ああ、そうだが。俺は戦いもしないマナポーターってジョブが大嫌いでね。やっぱり男なら、腕っぷしで力を示してもらわないとなあ？」

できないだろうと、言わんばかりのダミアン。

マナポーターの役割は、魔法ジョブへのマナ支援である。腕っぷしは何も関係なく、ダミアンの言い分は難癖《なんくせ》に等しいのだが、

「いいでしょう。決闘でもしますか？」

僕はあえて乗ることに決めた。

冒険者同士では、それが手っ取り早い。

ただでさえマナポーターというジョブは、不当に侮《あなど》られることが多い。ここで引き下がったりすれば、今後も同じような因縁《いんねん》をつけられかねない。

「ガキが！　舐《な》めてんのか！」

「イシュアさん、ダミアンはあんなんでも腕は一流です。無謀です！」

「そいつの言うとおりだ。Cランク冒険者をあまり舐めないことだ。泣いて謝るなら、今なら許してやるぜ」

受付嬢は決闘騒ぎを止めようとするが、

「大丈夫です。見れば相手の実力はだいたい分かりますから」

「何だと！」

僕は少しだけ好戦的になっていた。

可愛い後輩のアリアを怯《おび》えさせたこと――その報《むく》いはしっかり受けてもらおう。

＊＊＊

冒険者ギルドの裏にある闘技場で、僕とダミアンは睨み合っていた。

決闘騒ぎを聞きつけて、冒険者たちもこぞって観戦に来ている。娯楽が少ない街で、冒険者同士の決闘騒ぎはまたとないイベントなのだ。

「超期待の新人なんだって。でもマナポーターなんだろう？」

「なんだって決闘騒ぎに？　ダミアンの裏方嫌いは有名だけど、あまりにこれは……」

ひそひそと交わされる会話。

こちらを気の毒そうに見る視線も多い。

「武器は何をお使いになりますか？」

「いらないです。僕の武器は、この魔力ですから」

「てめえ！　コケにすんのも大概《たいがい》にしろよ！」

バカにされたと思い激昂《げっこう》するダミアン。

（別にコケにしてるわけじゃないんだけどね）

（付け焼き刃で武器を振るっても、勝てるはずがないし）

そうして戦いが始まった。

「一瞬で終わらせてやるよ！」

自信満々に言ってただけあって、ダミアンは巨大な斧を抱《かか》えたままかなりのスピードで突進してくる。

（だけど……。遅い！）

僕は体内のマナを解き放った。

「な、なんだあれ……？」

「濃すぎるマナが可視化されてるのか⁉」

解き放ったマナをコントロールして、一定の密度となるよう周囲に展開。僕の周りに半径二〇メートルほどの薄青い空間が生み出される。

「てめえ！　なにしやがった！」

「マナリンク・フィールド。高濃度のマナを展開して、魔力回復力を高める技なんだけど――

慣れないとキツイよね」

あのアリアですら、慣れるまでは吐き気に襲われると言っていた。

物理特化ジョブのダミアンにとって、苦しみはその比ではないだろう。

「汚《きたね》えぞ、こんな真似！」

「これが僕なりの戦い方です」

ダミアンは、苦しそうに頭を押さえて座り込んでしまった。

慣れていない者が高濃度のマナを浴びると、激しい魔力酔いを引き起こす。頭がぐわんぐわんと揺れ、地獄のような苦しみに見舞われていることだろう。

「どうする？　まだ続けますか？」

「バカにすんな！」

それでも、どうにか気合いで起き上がり、よろよろと武器を構えるダミアン。

（意識を奪わないとだめか）

（それなら！）

「マナ・オーバーフロー！」

僕はダミアンに勢い良くマナを注ぎ込む。

マナの過剰《かじよう》供給。さらに強烈な魔力酔いを引き起こし、一気に意識を刈り取るのだ。

――バタリ

すでに高濃度のマナフィールドで消耗《しようもう》していたダミアンは、耐えきれずアッサリと倒れ込ん

だ。

「し、勝者イシュア！」

呆然とした様子の審判の声。

おそるおそるといった様子で、勝者を宣告した。

「すげえ！　あのダミアンが手も足も出ずに倒されたぞ!!」

「周囲の魔力濃度を高めて攻撃って、あり得ないだろう！」

「あんな戦い方見たことねえぞ!?」

やがて静まり返っていたのが嘘のように、一瞬遅れて大歓声が響き渡るのだった。

八章

マナポーター、勧誘合戦に巻き込まれる

決闘を終えた僕は、アリアと冒険者ギルドに戻った。

せっかくなので、ギルドに併設されている食堂で昼食を摂《と》ることにする。

「さすが先輩です。カッコよかったです！」

「ありがとう。ちゃんと先輩としての威厳を保てて良かったよ」

「魔力濃度をコントロールして、相手を昏倒《こんとう》させるなんて。考えもしませんでした」

「あくまでマナに慣れてない人にしか効かない小技だよ。アリアには通用しないよね」

通用しないどころか、アリア相手ならバフとして機能するだけだ。魔法ジョブでなくとも、マナへの耐性を高める訓練を積めば簡単に防がれただろう。

「すごくドキドキしました。先輩に何かあったらどうしようって。先輩、あまり無茶はしないでください」

「アリアは心配しすぎだよ」

（心配かけるのは不本意だけど……）

（あのまま引き下がるわけにはいかなかったからね）

やられっぱなしの冒険者は、見くびられて一生をいいように使われて終えることになる。

冒険者は残酷なまでに実力主義の世界なのだ。

冒険者学園で習うまでもなく常識だった。

そんなことを話していると周囲のテーブルに座る冒険者たちが、次々と話しかけてきた。

「災難だったな、イシュアさんも」

「あれだけ大勢の前で完膚《かんぷ》なきまでにやられたんだ。ダミアンの野郎も、おまえには手が出せないだろうさ」

「ダミアンの野郎は、ここ最近はことあるごとに威張りちらしてたからね。スカッとしたよ」

「マナポーターがあれだけ闘えるなんて。驚いたよ！」

決闘騒ぎを見ていた人たちだろう。

「ありがとうございます。騒ぎを起こして申し訳ありません」

「いやいや、イシュアさんは何も悪くないよ。ダミアンの奴が突っかかっていったのが悪いってのは、ここにいる皆が知ってるさ」

誰かがそう言うと、その場にいた冒険者たちは大きく頷《うなず》いた。

「登録時のやり取りも見てたよ。魔力量ＳＳＳランクなんだってな？」

「私、ＳＳＳなんて初めて見ました！　是非とも私たちのパーティに！」

「あ、こら！　抜け駆けはずるいよ！」

和《なご》やかに話していたのも束《つか》の間《ま》。

いつの間にか僕たちのテーブルの周りには、人だかりができていた。

その誰もが、僕たちに自《みずか》らのパーティに入るよう誘ってくる。

（え……え？　なにごと!?）

「せ、先輩～！」

大勢の冒険者に囲まれ、アリアは涙目になっていた。

（今は物珍しさで人が集まっているだけだよね!?）

（評価してくれているのはありがたいけど……）

予想外の事態に、僕も目を白黒させてしまう。

僕としてはどこのパーティにも属さず、しばらくの間はアリアと二人で活動するつもりであった。どう断ろうかと考えていると、

「コラ！　そんなに一斉に押しかけたら、イシュアさんも迷惑だろう。散った散った！」

対応に困っているところに、割って入る者がいた。

「ウゲッ、ねえさん」

「ウゲッとは何だい。失礼な奴だね……」

現れたのは、剣を腰に差した凜々《りり》しい女性だ。燃えるような赤毛が特徴的であり、その目は

剣呑《けんのん》に細められていた。

　ひと目見て分かる実力者だ。

　集まっていた人たちが、道を開けるように脇によけていった。

「私はディアナ。Sランクの冒険者でジョブは剣聖だ」

「Sランク!?　それに……、剣聖!?」

　剣聖といえば、聖女に並ぶ高レアリティの物理アタッカージョブだ。

　珍しいジョブに、僕はまじまじとディアナを見てしまった。

「イシュアです。マナポーターです」

「私はアリアです。聖女です」

　ぺこりと頭を下げた僕たちに、ディアナも深々と頭を下げた。

「ギルドの者が申し訳ない。いきなり集団で押しかけて勧誘だなんて非常識にも程がある」

「そ、そんな。気にしてませんから。どうか頭を上げてください」

　Sランク冒険者といえば超大物だ。ギルドメンバーのぶしつけな振る舞いを、こうして代表して謝りに来たのだ。

　きっと責任感の強い人なのだろう。

「ディアナさんは何も悪くありません。それに驚いただけで、別に迷惑だなんて思ってませんから……」

「迷惑ではない、か。そう言ってもらえると助かるよ」

なおも何か言いたげなディアナ。

生真面目《きまじめ》な性格のようで、冒険者としてやっていくには悩みも多そうだ。僕がそんなことを考えていると——

「実は私は、勇者パーティに所属していてな。是非とも君をスカウトしたいと——」

「えぇぇ!?」

（非常識って自分で言ってたのに！）

（迷惑じゃないって言葉を、そこまで素直に受け取るの～!?）

「ねえさん、それは横暴です！　イシュアさんには、俺たちも目をつけてたのに！」

「言うな！　私たちには、どうしてもイシュアさんが必要なのだ！」

剣聖ディアナ、まさかの勧誘合戦参戦のお知らせ。

キリッとした顔で宣言する彼女を見て、僕は死んだ目になった。

（あれ？）

（あの子、ずっとこっちを見てるような？）

そうして気がつく。

ギルドの外から、こちらをめちゃくちゃガン見してくる小さな少女の存在に。

アホ毛がぴょこんと跳ねている小動物のような愛らしさを持つ少女だ。ギルドの扉の陰から、こちらをじーっと覗《のぞ》いているのだが——丸見えである。

（なんだろう？）

気になる。

すごく気になるけど、今は目の前にいる剣聖だ。

「ごめんなさい。申し訳ないですが、しばらくはアリアと二人で活動するつもりなんです。どのパーティでも、スカウトを受けるつもりはありません」

別にディアナに悪い印象はない。けれどもパーティを組むとなると別の話だ。

元いたパーティを追放されたこともあり、しばらくは気心知れた者だけでパーティを組みたいというのが本音だった。

「そ、そうか」

（大げさに落ち込む人だね!?）

この世の終わりのような顔で、肩を落とすディアナ。

罪悪感がすごい。

（うん……？）

そして、さきほど見つけた少女も、同じように肩を落としていた。

ディアナとシンクロする動きが、どこか微笑ましい。

「すまないリリアン。私はイシュアさんの勧誘という大任を、果たすことができそうにない

「……。本当にすまない——」

（ここまで落ち込まれると、いたたまれなくなるね⁉）

ずーんという効果音がつきそうな様子で落ち込むディアナを見て、僕は思わずフォローの言葉を口にしていた。

「ディアナさんのことは信頼できると思ってます。だけど勇者って言葉には、ろくな思い出がなくて——」

「はぅうっ！」

じーっとこちらを見つめる少女が、何故《なぜ》か涙目になって悲鳴を上げた。

それから慌《あわ》てて口を押さえて、サッと扉の裏に隠れてしまう。

（なんだろう……。偶然だよね？）

「リーダーである勇者に黙ってスカウトですか。先輩は前のパーティで、理解のないリーダーに苦労したんです」

「うちのリリアンはそんなことしない！」

アリアの言葉を力強く否定するディアナ。

再びこちらを覗き込んでいた少女も、コクコクと頷いた。

「だいたい今回の勧誘だって——」

「勧誘だって？」

「こほん。何でもないぞ」

ディアナは、リリアン（彼女のパーティのリーダーである勇者？）のことを信じきっているのだろう。

互いを信じ合うパーティは貴重だ。

僕はその信頼関係を少しだけ羨《うらや》ましく思った。

「そういうことなので、ディアナさんの勧誘は受けられません。ごめんなさい」

「こちらこそ。急な話で申し訳なかった」

リリアンという勇者のことは知らないが、この人が信じるなら立派な勇者なのだろう。

ただ少しだけタイミングが嚙み合わなかった――それだけのことだ。

そうして僕たちは、冒険者ギルドを後にした。

＊＊＊

《ディアナ視点》
一方、残された冒険者ギルドでは――
「うわ～ん、どうしようディアナ～！」
そんな泣き声が響き渡っていた。

声の主《あるじ》はギルドの入り口で様子を見守っていた少女――名はリリアン。

「あ～、よしよし。まずは落ち着こうな～」

私――ディアナは、どうどうとリーダーのリリアンを宥《なだ》めていた。

リリアンは王国公認の勇者である。それも魔王直属の四天王の一角であるイフリータを、ギリギリのところまで追い詰めた最上位の力を持つ勇者の一人だ。

そんな世界の命運を背負って立つ少女は――

「嫌われちゃった～。私、イシュアさんに嫌われちゃったよ～！」

わんわんと大粒の涙を流していた。

「リリアン、だから自分でスカウトに行けばいいと言ったのに……」

「は、恥ずかしいよ。そんなこと、できるわけないじゃん！」

何故か生まれてすぐに勇者のジョブを取得してしまったリリアンは、故郷では「勇者」の呼び名に相応《ふさわ》しい完璧な生き様を見せて、期待を一身に背負って旅立った。

旅立ったのだが……、

「イシュアさんを前にしたら、恥ずかしくてしゃべれないよ～！」

ぴやーと慌《あわ》ただしく叫ぶリリアン。

リリアンの様子は、まさしく恋する少女のそれである。

そこに勇者の威厳は、もはや微塵《みじん》もない。

（た、たしかにイシュアさんは好青年だったが）

連れていた少女を守るために、決闘も辞さない勇気。

それでいて気遣《きづか》いもできる――非の打ちどころのない人間ではあったが……、

（誰だ、これ⁉）

リリアンの変わりっぷりに驚愕を隠せなかった。

今までのリリアンは、ストイックに修行を繰り返し、日々、魔王を倒すことだけを考えていた。恋愛などまるで興味もなく、感情すらどこか希薄で心配していたものだ。

「やっぱり勧誘なら、リーダーが出向くのが筋ってもんだよ。そうじゃないと、本気さが伝わらないからね」

「わ、分かってるけど～」

もじもじとうつむくリリアン。

そんな彼女の様子は見ていて微笑ましいけれど――

「リリアン、おまえは可愛い。もっと自信を持て」

「ほんと？　イシュアさんに並び立てる？」

「ああ。だから自信を持って――玉砕《ぎょくさい》してこい？」

「うわ～ん！　やっぱり玉砕するんじゃ～ん！」

恨めしそうな顔でぽかぽかとディアナを叩くリリアン。

（リリアンが、こんなにポンコツになってしまうなんて）

（分からないもんだなあ……）

だけども彼女の変化は、私にはとても好ましいものに見えた。

「うう、ディアナぁ～。私、どうすればいい？」

「そうだな。イシュアさんが危険な目に遭《あ》わないために。彼がクエストを受けて向かう先に、こっそり付いていくっていうのはどうだ？」

「さすがディアナ！　そうするの！」

パーッと笑顔になるリリアン。

決めるや否《いな》や、パタパタとイシュアの去った方に駆けていく。楽しそうにイシュアを追いかけるリリアンは、どこからどう見ても年相応の女の子だった。

（やれやれ……）

（できればこれが、リリアンにとって良い出会いになりますように）

私は、リリアンの未来が幸福なものであるように祈るのだった。

九章
マナポーター、ハズレ依頼を瞬殺する

「アリア、今日が僕たちの冒険者生活のスタートだね」

「はい、先輩。頑張ります！」

宿で一泊した僕たちは、再び冒険者ギルドに向かう。

目的はクエストの受注——ついに本格的な冒険者生活が始まるのだ。

＊＊＊

冒険者ギルドの中は、人でごった返していた。

割のいいクエストを奪い合って、冒険者が火花を散らしている。それもまた冒険者ギルドでの日常風景なのだ。

「う〜ん、すごい混み具合だね」

「これじゃあ依頼に行く前にヘトヘトです……」

うわぁと引き気味の僕に、アリアもうんざりした様子で同意した。

「先輩、先輩。あの辺の依頼はどうですか？」

アリアが指差したのは、部屋の隅にある人のいないスペースだった。

そこにも依頼を書いた紙は貼られているのだが、何故《なぜ》か誰も見向きもしないのだ。

「あ、イシュアさん。そこにある諸々《もろもろ》の依頼は――」

いつの間にか隣に来ていた受付嬢が何かを言いかけたが、僕は気にせずいくつかのクエストを手に取り読み上げる。

「なになに……？　三丁目のカリーナさんの猫探しに、錆《さ》びついて動かなくなった動力炉の濾《ろ》過《か》。墓に住み着いたプチアンデッドの大群の討伐依頼？」

クエストを見て、僕は目を輝かせた。

動力炉の濾過となれば、マナの扱いを中心に学んできた僕の得意分野である。

プチアンデッド大群の討伐依頼は、聖女の専売特許だ。

「この辺の依頼、全部受けます！」

「いいんですか!?　イシュアさんほど腕が確かな冒険者であれば、私の方からもっといい依頼を斡旋《あっせん》することもできますが……」

「そこまでしてもらうのは申し訳ないです。それにここにあるのは――実に僕好みの依頼ばかりです」

（アリアも喜んでるし！）

アリアは猫探しの依頼を見て、ニコニコと上機嫌な笑みを浮かべていた。

「さすがはイシュアさんです。誰も見向きもしなかったハズレ依頼を積極的に引き受けようという姿勢――私、感動しました！」

「ハズレ依頼？」

「はい！　手間や難易度に対して報酬が割に合わないと、誰からも受注されずに放置されたクエストです。依頼者もダメ元でお願いしてくることも多いんです。引き受けてくださる方がいて、本当に助かります！」

（え、ここにある依頼って条件悪いの？）

（プチアンデッドを消し飛ばすだけで銀貨《かし》一枚。美味《おい》しすぎると思うんだけどな）

そんなことを思いながら、僕は首を傾げていた。

ちなみにアンデッドは、魔法を使わないと倒せない。

マナポーションは高価で、その群れを倒すとなるとコストがかかりすぎるのだ。

それでいて報酬は銀貨一枚。プチアンデッドの大量討伐というクエストは、下手《へた》すると赤字にもなりかねないゲロまずいクエストである。

それが世間一般の認識なのだが――イシュアはそのことを知らなかった。

「気にしないでください。あそこに並ぶのが嫌だっただけです」

僕の言葉はすべて本心からだったが、受付嬢は恐縮した様子でペコペコ頭を下げていた。

◆◇◆◇◆

《リリアン&ディアナ視点》

一方、そのころ。

ディアナとリリアンは、イシュアの後を付いて歩いていた。

「危険なクエストを受けてしまったイシュアさんをお助けして信頼を勝ち取ろう大作戦。スタートなの～！」

えいえいおー！　とリリアンが気合いを入れていた。

勇者の彼女は決して暇《ひま》なわけではないのだが、新たなメンバー探しという名目で街に留《とど》まっていた。いつになく一生懸命な少女を見て、ディアナは微笑ましいものを見るような眼差《まなざ》しになってしまう。

「あれ？　イシュアさん、ハズレ依頼をいっぱい受けてるみたいなの」

「あれだけの実力があれば、美味しい賞金首モンスターの討伐に向かうこともできるだろうに

──さすがだな。街の人の役に立ちたい。少しでも人々の暮らしを豊かにしたい──そんな崇高な志《こころざし》を持っているからこその選択だろうな」

まったくもって違うのだが、ディアナはイシュアのことを、そう評した。

イシュアたちが引き受けたのは、誰もやりたがらない割に合わない雑用クエストだ。きっと人手が必要になるだろう。

たまたま通りがかったと手助けを申し出るのも良さそうだな、とディアナは考えていた。

＊＊＊

イシュアが最初に向かったのは猫探しのクエストだ。

街全体をしらみつぶしに探す他ない厄介《やっかい》なクエストである。冒険者としての腕っぷしも、魔法や剣の技量も関係ない雑用クエストそのものだ。

(最悪、今日中には終わらないかもしれないな)

そんな覚悟をしていたディアナであったが、

「猫が好むマナの波長ってのがあるんだよね。初クエストは楽勝だったね──僕みたいなマナポーターにも達成できる依頼で助かるよ」

「そんな芸当、先輩以外はできないですからね!?」

聖女のアリアが、イシュアに静かに突っ込む。

なんじゃそりゃ!?　とディアナも驚きを隠せない。アリアの言葉に、リリアンもこくこくと頷《うなず》いていた。

「あ、依頼にあった猫はあれだね」

「さすが先輩です！　確保、です！」

アリアは、猫を抱きかかえて幸せそうに微笑んだ。

クエスト達成——わずか三〇分の間の早業《はやわざ》だった。

「……」

「……」

思わず遠い目になるディアナたち。

そんな人間離れした芸当をしておきながら、彼らは猫を間に挟んで、ほのぼのした会話を続けていた。

実に平和な光景である。

＊＊＊

続いてのクエストは、動力炉の濾過。

街中の動かなくなった炉を全部、というとんでもない無茶ぶりだ。

おおよそ達成されることも期待されていない冷やかし半分の依頼。

それなのに――

「依頼のあった魔力の動力炉三二基の濾過、終わりました。いいんですか？　魔力を注いだだけなのに、これほどの報酬をいただいてしまって」

（はあああ⁉）

イシュアは、これまたあっさりと依頼を達成。

目の前の光景が信じられない、とクエストの終了報告を受けた整備士の表情が引きつっていた。魔力量ＳＳＳは伊達《だて》ではない、ということだろう。

＊＊＊

最後の依頼はプチアンデッドの大群を討伐するというもの。

「さ、さすがのイシュアさんたちでも無茶だ」

「危なくなったらすぐに助けに入るの！」

依頼現場に向かいながら、ディアナとリリアンも気合いを入れていた。

クエストの危険度を知ってか知らずか、イシュアたちは実に自然体。彼らの腕は疑うべくもないが、それでも少しは警戒心を持ってほしいところだ。

「出た、プチアンデッドの群れだ！」

「すごい数なの。これじゃあ、いくらイシュアさんたちでも……」

墓場にワラワラと湧いてきたプチアンデッドたちを見て顔を引きつらせるディアナとリリアンとは裏腹に、

『ホーリーナイト・ジャッジメント！』

「ア・リ・ア！　やりすぎ！」

「えへへ。やっぱり先輩との共同詠唱は楽しいですね！」

アリアと呼ばれた少女が、呆気《あっけ》なくプチアンデッドの集団を倒していく。

「ウソだろ？　一〇〇体はいたよな？」

「一瞬でアンデッドの大軍が消し飛んだの。いったい何が？」

思わず顔を見合わせるディアナとリリアン。

アリアという少女の魔法もとんでもないが、あれほどのマナをイシュア一人で賄《まかな》ったという事実も驚愕《きょうがく》に値《あたい》する。

「これで受けた依頼は終わりだね。簡単な依頼ばっかりで良かったね。もう少しだけ受けてこようか？」

「はい、どこまでもお供します。先輩！」

ディアナは思う。

これ、手伝いが必要な場面なんて絶対に来ないな、と。

「どうするリリアン？　もう少し見ていくか？」

「もちろんなの！」

ディアナの問いに、元気よく答えるリリアン。

結局その後もディアナたちに出番は一度もなく、イシュアの規格外ぶりをまざまざと見せつけられる結果となった。

＊＊＊

それからもイシュアは、日常の中で軽々とハズレクエストをこなしていった。

イシュアという魔力量ＳＳＳを叩き出した期待の新人が、冒険者ギルドが匙《さじ》を投げた厄介な依頼を息をするようにクリアしているらしい。

瞬《また》く間《ま》にそんなウワサが街中に広がっていくのだった。

一〇章　戻ってこいと言ってももう遅い！

《アラン視点》

「くそっ。ようやく着いたか」

俺──アランは、どうにか新人の街『ノービッシュ』にたどり着いた。

（くそっ。この辺のモンスターは、いつからこんなに凶暴化しやがったんだ……）

光り輝いていた鎧《よろい》はすっかりボロボロ。

何故《なぜ》かは分からないが、街周辺のモンスターに散々苦戦したのだ。

もしかすると調子が悪かったのかもしれない。

（さて。イシュアの野郎を探すか）

（アリアも一緒にいるとよいが……）

勇者パーティを追放されたから、今までのライセンスはもう使えないだろう。

今頃、惨《みじ》めにFランク冒険者からスタートすることになっているはずだ。そんなあいつに「戻ってきてもいい」と告げれば、どれだけ喜ぶことか。

「くっくっく……」

奴さえ戻れば、去っていった仲間たちもきっと帰ってくる。

俺は輝かしい未来を信じて疑わなかった。

＊＊＊

ノービッシュの街は、ある一人の新人冒険者の噂で持ちきりだった。

「なああ！　この間のイシュアさんの戦いを見たか？」

「見た見た！　あのダミアンが手も足も出ないなんてな。魔力操作だけでノックアウト。あれは——ヤバいぜ！」

「あれだけの腕を持ってるのに！　安くて割に合わない雑用みたいな依頼でも、嫌な顔ひとつせず受けてるらしいぜ？」

「く〜！　カッコよすぎるぜ、イシュアさん!!」

（くっくっく。同姓同名の奴が活躍している街か！）

（ますます肩身が狭いんじゃないか？　落ちこぼれの方のイシュアさんよう！）

落ちこぼれの無様な姿を想像して、俺は上機嫌で街を歩く。まさかあいつが街で噂されている「イシュアさん」なはずがない。俺は、無意識にそう判断していた。

（まずは冒険者ギルドに行くか）

（この街を拠点《きょてん》にしているなら、必ず立ち寄るはずだ）

できればスキルの効果で居場所を突き止めたかったが、何故かノービッシュに来る途中で反応がなくなってしまったのだ。アリアが、パーティの一員だと判断される物（ライセンスなど）を手放したのかもしれない。

「冒険者のこと聞くならギルドだよな？」

そう呟《つぶや》き俺は冒険者ギルドに向かう。

＊＊＊

（ふむ、良くも悪くも新人の街と呼ばれるとおりだな）

周りを見渡して、俺は内心でため息。

イシュアとのことがなければ、訪れることもなかったであろう小さな冒険者ギルドだ。

「このギルドにイシュアという冒険者は在籍しているか？」

「失礼ですが、あなたは誰ですか？　個人の情報を、本人に断ることなくお教えすることはできません」

俺の質問に、受付嬢は露骨に嫌な顔をしながら極めて事務的な口調で返す。

「俺は勇者だ。イシュアという冒険者に用がある。パッとしない方だ」

「へえ。では、あなたがイシュアさんを追放したっていう——ふうん？」

なんだろう。

たっぷりと含みを持たせた言葉だ。

視線はどこまでも冷たかった。

「お引き取りください、勇者様。当ギルドではあなたにとって力不足。お役に立てることは何ひとつないでしょう」

「はあ？　俺はイシュアの野郎の情報をよこせって言ってるだけだ！」

「くどいですね、あなたも。話すことなどない、と言っているんです。どうか早々にお引き取りを」

受付嬢は、慇懃《いんぎん》無礼にお辞儀をした。

（クソっ。明らかに知ってる反応じゃねえか！）

（なんだっていうんだ！）

「俺は勇者だぞ！　勇者の力が借りたいとは思わねえのか！」

「節穴勇者に頼るほど、我がギルドは落ちぶれていませんので」

「なんだと⁉」

まるで相手にされず、ギリリと歯噛みしていると——

「あれ、アラン。こんなところで何しているの？」

聞き覚えのある声が、耳に入ってきた。

（ハッハッハ！　まさか探し人が、向こうからやってくるとはな！）

（俺に運が向いてきやがったぜ！）

俺は思わず笑いだしそうになった。

イシュアの隣には、アリアの姿もあった。

「喜べイシュア、今日は貴様に良い知らせを持ってきてやったぞ！」

「はぁ。良い知らせ？」

「ああ。貴様を再び勇者パーティのメンバーに迎え入れてやろう！」

胸を張り告げる。直面したであろうFランクスタートの惨めな冒険者生活。誰しもが勇者パーティに戻れるなら戻りたいと思うはずだ。

俺が予想したのは、泣いて喜ぶイシュアの姿。

しかし結果は──想像したものとはまるで違った。

「ええ……？」

イシュアが浮かべたのは困惑《こんわく》の表情。

それから心の底から迷惑そうな顔で、こう言い放ったのだ。

「そんなことを今さら言われても困るよ。心機一転、ここで楽しく冒険者してるし」

「な!?　イシュア、落ちこぼれの分際で、俺に逆らうのか!?」

まさか断られるなんて。

ぽかんとする俺を、アリアがいつも通りの凍《い》てつきそうな視線で貫《つらぬ》く。

「呆《あき》れました。まだそんなことを言っているんですか。元パーティメンバーとして、恥ずかしいです」

「だって、こんなの。おかしいだろうよ！」

（そうだ。イシュアの野郎が調子に乗ってるのが悪いんだ！）

なおも口をパクパクさせるだけの俺をあざ笑うように、イシュアは受付嬢と親しげに会話を始めた。

「イシュアさんもタイミングが悪いというか、なんというか……」

「ごめんなさい。取り込み中でしたか？」

「いいえ、何も問題ありませんよ」

（ま、まさか……！）

（あり得ないだろう、そんなの――!?）

俺は悟ってしまう。

街でウワサの冒険者イシュアとは、目の前にいる俺のよく知ってるイシュアなのだ。気がつけばわらわらと冒険者が集まってきていた。

「ふぅん。あれがイシュアさんを追放した愚かな勇者かい。ノコノコと顔を見せるなんてね——恥を知れ！」

「魔力SSSの超新星。イシュアさんは、今やこの街で知らない人はいない有名人だよ！」

「アリアちゃんから話は聞いてる。おおかたマナが足りなくて困ってるんだろう？　今さら戻ってこいなんて、都合が良すぎるんだよ！」

ギルド内の冒険者たちが、口々に俺に罵声《ばせい》を浴びせてくる。

（くそがっ！　なんで俺が責められないといけないんだ！）

立ち尽くす俺の隣に来て、イシュアは困ったように口を開いた。

「アラン、もう用は済んだよね。まだ報告しないといけないクエストが残ってるんだ。用がないなら、そこをどいてもらえると嬉しいんだけど……」

「な⁉」

俺のことなど、まるで眼中にないと言わんばかりの態度。

（落ちこぼれのクセに、馬鹿にしやがって！）

（目に物見せてやる！）

カッとして武器に手を伸ばした俺に、

「ギルドの建物内での揉《も》め事はご法度《はっと》だよ。それを抜くってんなら——私も容赦しない。……どうする？」

抜き身の刀のような声がかけられた。

剣を手にした美しい女性だったが、まとう空気は一流のそれ。

（……な、なんだ。この威圧感!?）

この女はやばい。本能が警鐘《けいしょう》を鳴らす。

まるで凶悪なモンスターを前にしたときのような威圧感だった。

「く、くそっ。覚えてろよ！」

俺にできたのは、慌ててギルドから逃げ出すことぐらいだった。

＊＊＊

《ディアナ視点》

「ふう、他愛のない。あんなんで勇者が務まるのかねえ……」

ひと睨《にら》みでアランを追い払い、ディアナはやれやれと肩をすくめた。

ギルドの建物内での刃傷沙汰《にんじょうざた》はご法度である。その程度の最低限のマナーすら、あの男は持ち合わせていなかったのだ。

「あれがイシュアさんの元いたパーティのリーダーか。なるほど。勇者って言葉にろくな思い出がないってのも頷《うなず》ける。リリアン、前途は多難かもねえ……」

そう呟きながら、ディアナは冒険者ギルドを後にするのだった。
——イシュアを追放した愚かな勇者アラン
——その名は、この日ギルドにいた冒険者の記憶に深々と刻まれることになる。

一一章

マナポーター、エルフの里の偵察依頼を受ける

僕たちがこの街にやってきて一週間ほどが経《た》った。

僕とアリアは、今日も元気に冒険者として活動していた。ハズレ依頼置き場は、すっかり僕たちの定位置となっていた。

いつものようにクエストを探し始め、珍しい依頼を見つけて思わず顔を見合わせた。

「この依頼、どう思う?」

「エルフの里の偵察《ていさつ》ですか。いかにもヤバそうな内容ですね」

タイトルは『エルフの里の偵察依頼』。

依頼主は不明で、詳細情報も一文のみ。

「『実際にエルフの里を訪れて、何か異変があったら知らせてほしい』て書かれてるけど。何だろう、この依頼?」

「達成条件が曖昧《あいまい》すぎますよね」

アリアも不思議そうに首を傾《かし》げる。

よく分からない依頼内容の割に、報酬は金貨三〇枚。明らかに相場より高い。旅費を差し引いても破格と言ってよい。

(ここにあるのは、誰も受ける人がいないクエストなんだよね)

(妙な依頼を受けるわけにはいかないか。アリアを危険なことには巻き込めないしね)

いわく付きのクエストなのだろう。

僕は、そっとそのクエストを元の場所に戻した。

「え、イシュアさん？　そのクエスト受けないんですか？」

そこに慌《あわ》てた様子で受付嬢がやってきた。

「ごめんなさい。ちょっと僕の手には負えないクエストかもしれないので」

「え？　ただエルフの里に行って、異状なしって報告するクエストですよね？」

(ええ？　受付嬢の認識、それでいいの？)

やる気のない冒険者なら、それで済ませてしまうのかもしれないけど。

クエストを受ける以上、そんな無責任なことはできない。

「依頼人から目的まで、すべてが非公表のクエストです。冒険者たち全員が危険視したからこそ、ハズレ依頼なんて扱いを受けてるんじゃないですか？」

僕の質問に、受付嬢はアチャーと頭を押さえた。

「イシュアさん、ここだけの話ですよ？」

周囲に人がいないのを確認すると、受付嬢はひそひそと僕に話し始めた。

「その依頼、ギルマスからなんです」

「え？　どういうことですか？」

驚いて聞き返す僕に、

「処理に困ったハズレ依頼を処理しているイシュアさんには、随分《ずいぶん》と助けられていますから。ギルマスもひどく感動して、ぜひとも特別恩賞を渡したいなんて話が出たんですよ」

受付嬢がとんでもないことを言いだした。

特別恩賞といえば、ギルドに特別な貢献をした者に贈られるものだ。いくら何でも身に余る扱いだろう。

「と、特別恩賞だなんてとんでもないです！　そんな気を遣《つか》っていただかなくても、僕もアリアも今の待遇に満足してますから」

「はぁ、予想通りの返事です。そこがイシュアさんのいいところなんですけどね」

何故《なぜ》か、受付嬢に呆《あき》れられてしまう。

「それで、さっきの話とこの依頼は、どんな関係があるんですか？」

「特別恩賞は受け取ってもらえないでしょう、と意見したらギルマスが言いだしたんですよ。めちゃくちゃ美味《おい》しい依頼を〝ハズレ依頼〟として置いておいたらどうかって」

ギルドマスターが、特別恩賞の代わりにすごく美味しいクエストを用意した。そして、それを僕が受けるであろうハズレ依頼に紛《まぎ》れ込ませた。

——受付嬢の話をまとめると、そういうことらしい。

「ほんとうに見てくるだけで構いませんから。ギルマスの顔を立てると思って！　ちょっとした観光だと思って、エルフの里への旅を楽しんできてください！」

そう言って受付嬢は、手を合わせて頼み込む。

「先輩！　ここ最近は、ずっとクエスト漬けでした。たまには羽を伸ばしましょう！」

思えばクエストをこなすのが楽しすぎて、ついつい依頼を受けてばかりいた。

僕だけならともかく、アリアを付き合わせているのだ。せっかくの機会だ。思いっきり羽を伸ばすのも悪くないかもしれない。

「事情は分かりました。そういうことなら、是非とも受けさせてください」

僕がそう答えると、アリアは「やった！」と小さくガッツポーズ。

「先輩、先輩！　エルフの里といえば——私、世界樹が見てみたいです！」

「いやいや、アリア。行くのはあくまでクエストのためだからね」

「はーい！　あ、先輩先輩！　ついでにユニコーンも見たいです！」

ニコニコと上機嫌なアリアを見て、僕までつられて笑顔になる。

そうして僕たちはエルフの里に向かうことになった。

◆◇◆◇◆

《リリアン&ディアナ視点》

「危険なクエストを受けてしまったイシュアさんをお助けして、信頼を勝ち取ろう大作戦。今日もスタートなの！」

今日もイシュアたちを、こ～っそりと見守る者たちがいた。

勇者リリアンと剣聖ディアナの二名である。

「なあリリアン。あの二人が危ない目に遭《あ》う場面が、ちっとも想像できないんだけど……」

「………………。今日もスタートなの！」

ちょっぴり疲れた様子で呟《つぶや》くディアナに、リリアンは強引にそう返す。

そんなやり取りも、すっかり日常の一部である。

「やっぱり勇気を出して、ちゃんとイシュアさんにお願いするべきだよ」

「そ、そ、そ、そんなことできるわけがないの……」

この一週間でリリアンは――隠密行動スキルだけがメキメキと上達していた。

イシュアの視界に入りそうになったら、それを第六感で察知。神速で物陰に隠れられるのだ。

――誰得スキルである。

「というわけで、エルフの里周辺の賞金首クエスト取ってくるの」

とてとてと走り出したリリアンが受けてきたのは、

「『Aランク賞金首・オーガキング変異種の討伐』ね。相手に取って不足なしだな。いいんじゃないか」

「うん、私たちなら楽勝なの！」

頷《うなず》き合うディアナとリリアン。

リリアンが何の気負いもなく選んだそれは、ギルドに貼られた多数あるクエストの中でも最高難易度の一つだった。受付嬢が何の躊躇《ためら》いもなくリリアンに任せたことからも、ギルドでの彼女たちへの信頼の高さが窺《うかが》える。

鼻歌まじりにスキップするリリアン。そんな彼女には、どこか微笑ましいものを見るような視線が向けられていた。

「そろそろ背中を押してやらないとなあ」

ディアナは小さく呟く。

このまま放っておいたら延々とステルス能力だけを磨くことになりかねない。

エルフの里で、何か状況が進展するチャンスがありますように——密《ひそ》かにディアナはそんなことを願うのだった。

◆◇◆◇◆

《イシュア視点》

「楽しみですね、世界樹ユグドラシル！」

「二〇〇〇年もの間、エルフの里を守ってきた大樹だよね。そういえばアリアは、昔から世界樹が見たいって言ってたよね」

エルフの里に向かう馬車に揺られながら、僕たちはこれから向かうエルフの里について話していた。

「はい！　世界樹のおとぎ話、好きなんです」

アリアが、少しだけ恥ずかしそうに笑う。

（世界樹のおとぎ話か――）

僕はその内容を思い出す。

今、エルフの里がある場所。

そこは昔、モンスターの支配する土地だったという。

人間の祈りを受けて、天使が種を蒔《ま》く。

魔を払う力を持つ種だ。

その種はそのうち大樹に成長し、やがて世界樹ユグドラシルに育つ。

世界樹は、モンスターの生み出す〝瘴気《しょうき》〟を浄化する力を持っていたのだ。

モンスターのどんな攻撃も、世界樹を傷付けることはなく、やがてその地は瘴気が浄化され、人が住めるようになった。

それを守る形で、エルフの里が形成された。

——たしかそんな話だ。


「世界樹が瘴気を浄化したおかげで、今のエルフの里がある——そんなおとぎ話を信じるなんて、子供っぽいと思いますか？」

「ううん、そんなことないよ。モンスターの支配する地を人間が取り戻したって思うと、夢がある話だよね」

不安そうなアリアに、僕はそう答えた。

それにエルフの里の起源はともかく、世界樹ユグドラシルがモンスターの瘴気を浄化する力を持っているのは事実である。

「そうですよね。世界樹——楽しみだなあ」

（いい骨休めになりそうで良かった）

うきうきとエルフの里に思いを馳《は》せるアリアを見ていると、僕まで笑顔になってくる。
そうしてエルフの里までの道のりは、あっという間に過ぎ去っていくのだった。

一二章　マナポーター、エルフの里の異変に気がつく

馬車で旅をすること三日。

僕たちは無事、エルフの里に到着した。

エルフの里とは、自然と共に生きるエルフが世界樹を守るために作った小さな集落だ。木造の住居が目立ち、周囲にはモンスターの襲撃を防ぐための柵《さく》が巡らされている。

エルフの里を守るように、入り口には二人の門番が立っていた。

「初めまして、冒険者のイシュアと申します」

「見ない顔だな。人間が何の用だ？」

門番のエルフは、槍を構えたまま無愛想に対応する。

お世辞にも友好的とは言えない態度だった。

（なんか、めちゃくちゃ警戒されてる!?）

（エルフと人間の仲が悪いなんて話は、聞いたことがないけど……）

「ここへは依頼を受けて来たんです。怪《あや》しい者じゃないですよ」

内心で焦《あせ》りながら、僕は目的を告げる。

「胡散臭《うさんくさ》い奴め!!」

「許可のない者を、里に入れるわけにはいかない」

しかし門番の態度は頑《かたく》なだった。

何を言っても「部外者は通せない」の一点張り。

冒険者ライセンスを見せたものの、やはり反応は悪かった。

「私は聖女のアリアです。世界樹ユグドラシルの見学に来ました！」

「な――!?　ユグドラシルの見学だと!?」

「絶対にダメだ。帰れ！」

世界樹の名を出した途端、門番らの警戒心が跳ね上がった。

ギロリと鋭い眼差《まなざ》しに見据えられ、アリアはぴゅーんと僕の背中の後ろに逃げ帰る。

「アリア、無理そうだね。出直そう」

「うう。せっかくここまで来たのに、世界樹を見られないなんて……」

しょんぼり落ち込むアリア。

エルフの里は、一見、平和そうだ。

それなのに、まさか門前払いされるほどに警戒されるとは……。

（エルフの里の偵察《ていさつ》依頼か。中で、何が起きてるんだろう?）

（ギルドマスターが適当に思いついた依頼とはいえ、クエストには違いない。少しだけ調査が必要そうだね）

そんなことを考えながら、僕たちはエルフの里を後にするのだった。

＊＊＊

「うう、先輩。世界樹、楽しみにしてたのに……」

「残念だったね」

エルフの里で門前払いを喰らった僕たちは、せっかく来たのでということで里の周辺をぶらつくことにした。

偵察という名目の観光である。

「何であんなに警戒されてたんでしょうね？　あ――『デュアルスペル・ホーリージャッジメント！』……私たちは、いたって善良な冒険者なのに」

「僕たちだからってより、外の人間がエルフの里に入ることを嫌がってるみたいだったよね。何か隠したいことでもあるのかな？」

（流れ作業のように、とんでもない魔法を使うね⁉）

現れるモンスターを、ストレス発散のように蹴散らしていくアリア。息をするように最上位魔法をぶっ放していた。

僕は冷や汗をかきながら、せっせとアリアに魔力を注ぐのだった。

「うう、楽しみにしてたのになあ。あ――『ホーリー・ノヴァ！』『ホーリー・ノヴァ！』『ホーリー・ノヴァ！』……残念ですが仕方ないですね。先輩、こうなったら、せめてユニコーンだけは絶対に見ていきましょう！」

「〝せめて〟で言う難易度じゃないよね⁉」

最後の目撃情報が一〇〇年前とか言ってなかったっけ。アリアが世界樹を楽しみにしていたのを知っているだけに、できるだけ叶《かな》えてあげたいとは思うけど。

アリアの放つ聖魔法は、無慈悲にモンスターを浄化し続けた。

(恨むなら、怒れる聖女様の前に現れた己《おのれ》の不運を恨んでね。南無《なむ》……)

八つ当たりで消し飛ばされていくモンスターを見ながら密《ひそ》かに合掌《がっしょう》。

それでも僕は、せっせとアリアに魔力を注いでいく。

(というか、アリアが片手間で倒してるから気にならなかったけど)

(なんだろう。やけにモンスターに襲われる気がするね？)

それもスライムやゴブリンのような、下位モンスターではない。ゾンビナイトやトロルなど、Bランク以上のモンスターともエンカウントしている。

人里離れた秘境ならまだしも、すぐ傍《そば》にはエルフの里もあるのに。

「先輩、ここら辺のモンスター多すぎませんか？」

「やっぱりアリアもそう思うよね。エルフの里の様子も気になるし、もう少しだけ調査する必要がありそうだね」

（金貨三〇枚のクエストだし、その分は働かないとね）

僕たちは、旅行気分から仕事モードに気持ちを切り替えるのだった。

＊＊＊

僕たちは異変の手がかりを求めて、森の中を注意深く歩んでいく。

「先輩、先輩」

「どうしたの、アリア？」

「さっきから現れるモンスター、どれも同じ辺りからやってきてませんか？」

アリアに言われて気づく事実。

どうやらモンスターたちは、同じ方向から現れているようだ。

『デュアルスペル・ジャッジメント！』

モンスターを視界に入れるなり、アリアが最大火力で殲滅《せんめつ》する。

僕のあり余るマナと、天才聖女の能力をフル活用した力押し戦法だ。

「それにしても出てくるモンスターが、もはや魔界みたいだね。アンデッドキングにグール、リッチなんかもいたよね」

「え、リッチって不死の王ですよね。私、そんなの倒してましたか？」

きょとん、と首を傾《かし》げるアリア。

（うそぉ……。無意識だったの？）

一応Sランクモンスターのはずなのに……。

どうしよう、後輩の成長が止まらない。頼もしすぎる。

「魔力の消費を気にせずに魔法を撃ち続けられるおかげです。先輩がいなかったら、私はとっくにお陀仏《だぶつ》ですよ」

「僕もアリアと一緒で良かったよ」

一人でSランクモンスターに囲まれたらと思うとゾッとした。

現れるモンスターへの警戒を強めながら、僕たちはさらに調査依頼を進めていく。

＊＊＊

何時間か歩いた頃。

僕たちは、瘴気《しょうき》が濃くなっていることに気がつく。

「せ、先輩？　肉眼で確認できるほどの瘴気って、まずくないですか？」

「まずいなんてもんじゃないよ。このレベルの濃度だと、吸い込むだけで肺をやられかねない。到底、人が住めない環境だよ」

　早い段階から、僕はマナリンク・フィールドを張っていた。

　この技は、魔力の回復を高めるだけでなく範囲内の空気を濾過《ろか》できる。そのため目視できるほどに異変が出るまで、濃くなっていく瘴気に気づけなかったのだ。

「アリア、世界樹は瘴気を浄化するんだよね？　ここまで離れちゃうと、世界樹の効果が及ばないのかな？」

「世界樹の力は絶大です。そんなはずはないのですが……」

　困惑《こんわく》したようにアリアは答える。

　話に聞く限り、ここら辺の瘴気は世界樹により浄化されているはずなのだ。それにもかかわらず、目の前には可視化できるほどの瘴気が広がっている。

　まさしく異常事態だった。

「凶悪なモンスターが増えてる理由はこれかな？」

「そうだと思います。モンスターは、瘴気で活性化しますから」

　そう言いながら、アリアは現れたモンスターを吹き飛ばした。

　アリアの並外れた聖魔法のおかげで、今のところ危険は感じないが……

「どうしよう。もう少し調査していくべきかな」

「先輩の判断にお任せします！」

エルフの里周辺で、何か異変が起きているのは明白だった。

まずは情報を持ち帰ることを最優先にするべきか、多少の危険を冒《おか》してでも詳しく調査を進めるか——悩ましいところだった。


「——ッ!?」

その瞬間だった。

突如《とつじょ》として感じ取ったのは、空間が歪《ゆが》められる不気味な感覚。

明らかに人為的な時空の乱れだった。

「ど、どうしたんですか！　先輩!?」

「アリアは、僕の傍を離れないで」

僕はその歪みに向かって走り始める。

距離はそれほど遠くない。アリアの支援魔法の効果もあって、数分もせずたどり着いた。

「歪みは、ここだね！」

僕は力まかせに時空の歪みをこじ開ける。

そこで見たものは——

◆◇◆◇◆

《ディアナ&リリアン視点》

一方、その頃。

勇者リリアンたちは――絶賛、迷子になっていた。

「う～。まさか私が、イシュアさんを見失うなんて……」

「モンスター相手に手こずった私のせいだな。すまない、リリアン」

例によって二人は、イシュアを追いかけていた。

……追いかけていたのだが、モンスターと戦っている間に見失ってしまったのだ。

「それにしてもイシュアさんほどの冒険者が、門前払いされるとはな」

「それで森の調査に向かうなんて危なすぎなの。イシュアさん、大丈夫かな……」

リリアンの瞳に浮かぶのは、純粋な憂《うれ》いの色。

「心配しすぎだよ、リリアン。二人の戦いを見ただろう」

不安そうなリリアンを宥《なだ》めるように、ディアナが言う。

こくり、とリリアンは頷《うなず》いた。

イシュアとアリアは、二人パーティである。

凶悪さを増したモンスターを相手にして大丈夫かとハラハラしていたが、彼らは見事なコンビネーションで敵を瞬殺していった。

むしろ手こずっているのは――

「く、少しばかりきついな。まさかエルフの里の周辺が、こんなことになってるとはな……」

「ディアナ、しっかりなの！」

『ハイヒーリング！』

顔色の悪いディアナを、リリアンは心配そうに覗《のぞ》き込んだ。

リリアンは勇者として、簡単な瘴気の浄化スキル程度なら持っていた。しかしパーティメンバー全員を守れるほどの上級スキルではない。

今、この瞬間にもディアナの体はじわじわと瘴気に蝕《むしば》まれていた。

「ありがとう、リリアン。だいぶ楽になった」

瘴気の毒は、専門の施術を受けないと抜けない。

リリアンの回復魔法は、所詮《しょせん》は気休めである。しかしディアナは、リリアンに心配をかけまいと気丈《きじょう》に笑みを浮かべた。

「ハアアアアァ！」

ときおり現れるモンスターは、難なくディアナが斬り払う。

しかし油断はできない。

「気をつけろ、リリアン。瘴気をたんまり吸い込んで、だいたいのモンスターが昇格してる」

「この瘴気の濃さならおかしくないの。ほんとうに異常事態なの」

昇格とは、モンスターが何らかの理由で成長してしまい、一段階上のランクの強さを持ってしまうことだ。

EランクならDランクに、DランクならCランクという具合に。

「早くイシュアさんを見つけないと」

「そうだな、イシュアさんのことだ。形だけの偵察依頼でも、真面目《まじめ》にこなそうとしているのだろう。無茶をしていないといいが」

二人は焦っていた。

やみくもに歩き回り、同じような場所をぐるぐると巡っていた。

「イシュアさん、どこなの～?」

リリアンの叫びが、虚《むな》しく森にこだまする。

――完全に迷子だった。

＊＊＊

森を彷徨《さまよ》うこと数十分。

「Aランク賞金首・オーガキング変異種――やっと見つけたの！」

リリアンは、クエストで討伐対象となっていたモンスターを見つけて、パッと表情を明るくする。

オーガキング――数メートルはある巨大な棍棒を手にした人型モンスターだ。ただでさえ厄《やっ》介《かい》なモンスターであるが、変異種であることから危険度はさらに跳ね上がる。

「これでクエストは達成だな。サクッと倒して、イシュアさんたちと合流しないとな」

「そ、それはちょっと……」

「リリアン、この非常事態だ。恥ずかしいとか言ってられる場合じゃないぞ」

ディアナは光り輝く剣を抜き、オーガキングに向かって一閃《いっせん》。

――しかし、
ぶよよ～ん
「え？」

あっさりと分厚い肉に阻《はば》まれ弾《はじ》かれた。

濃い瘴気は、エルフの里周辺にいるモンスターを昇格させていた。それはオーガキングのような凶悪なモンスターも例外ではない。

オーガキングの変異種は、もともとAランク相当の実力を誇るモンスターである。昇格した今となっては、その強さは今やSランク――災厄級にも並ぶレベルであった。

いかに力ある剣聖でも、一太刀《ひとたち》で斬り伏せられる相手ではないのだ。

「リリアン、一瞬でいい。固有結界『幻想世界』を展開してくれ。一撃で仕留める」

出し惜しみして、勝てる相手ではない。

ディアナは瞬時に判断し、リリアンにそう要請。

「分かったの」

真面目な顔で、こくりと頷くリリアン。

彼女の持つユニークスキルは『幻想世界』。膨大《ぼうだい》な魔力と引き換えに、仮想世界を生み出す大技である。自《みずか》らのパーティと敵を、生み出した世界に転移させることで、絶対的に優位な環境で戦うことができるのだ。

リリアンを勇者たらしめているまごうことなきチートスキルである。

『幻想世界！』

リリアンは声を張り上げる。

それは自分だけの小さな世界を生み出す儀式。

術者のどんな願いでも叶えられる――リリアンにとっての理想郷。不可侵領域であり発動者が解除するまでは、誰にも干渉《かんしょう》することはできない。

「ディアナ、お願い！」

「任せときな！」

幻想の世界で、リリアンは想像しうる最強の剣をディアナに贈った。光り輝く幻想の剣は、万物を斬り裂く祈りが込められている。

リリアンの生み出した剣を、最強の剣聖が振るう。

すべての敵を一撃で斬り伏せる——それがリリアンとディアナの切り札だった。

「これで終わり！」

幻想の世界で、ディアナはオーガキングに飛びかかる。

オーガキングは身動きする間もない。勝利を確信した彼女だったが、
ぶよよ〜ん
「え？」

「ウソ……」

昇格したオーガキングの肉体はどうなっているのか。

必殺のはずの斬撃が弾かれたのを見て、ディアナの顔が強張《こわば》る。

「どうしようリリアン。あいつ、めっちゃ堅いんだけど？」

「魔法抵抗値が、幻想世界を上回ってるの？　四天王すら貫《つらぬ》いた攻撃なのに……」

リリアンが呆然と呟《つぶや》いた。

一撃で倒しきれない。そうなると一転してピンチになるのはリリアンたちだ。

「ごめんなの、ディアナ。マナの残量が心もとないの」

勇者のユニークスキルは、強力だがマナ消費も桁外《けたはず》れに大きい。

ただでさえリリアンは、瘴気に対応するために回復魔法を連発していたのだ。魔力切れを起こすのも無理はなかった。

「デリャアアアァ！」

ぶよよ～ん
ディアナは果敢《かかん》に斬りかかる。

しかし昇格したオーガキングの肉体に、傷一つ付けることもできない。

「なんで⁉　私たちはこんなところで死ねないのに！」

「落ち着け、リリアン！」

リリアンは半泣きだった。

攻撃はまるで通らない。固有空間を維持するために、今もすごい勢いで魔力を消費しているのだ。マナが枯渇《こかつ》したら万に一つの勝機もなくなる。

まさしく絶体絶命だった。

——そんなときだった
その声が聞こえたのは。

「歪みは、ここだね！」

リリアンが聞いたのは、憧《あこが》れてやまない少年の声。

「待ってください！　先輩、いきなりどうしたんですか⁉」

続いて、そんな素《す》っ頓狂《とんきょう》な声。

「な、なにここ？」

「待ってくださ――先輩！　って、なんですかここ⁉」

空間の壁を裂くようにして現れたのは、二人の冒険者であった。

二人はキョロキョロと辺りを見渡した。

「私、夢を見てるの？　それとも幻？」

「落ち着けリリアン、現実だ」

ぽかーんと口を開けるリリアン。目の前の光景が、信じられなかった。

幻想世界は、誰にも干渉できない不可侵の領域のはずだ。

どうやって入ってきたというのか。

「イ、イ、イシュア、さん？　ど、どうやってここに？」

「君はあの時の……？」

イシュアさんが、こちらを認識していた！

それだけで、リリアンは頬がにやけるのを抑えられなかった。

「どうしてと言われると……。時空の歪みを調査してたらたどり着いたって感じかな」

う～ん、とイシュアは首をひねった。

リリアンは、改めて感動していた。

偶然とはいえ、絶体絶命のピンチに駆けつけてくれたのだ。

会いたくて仕方がなかった人だ。

話しかけたくて、仲間に誘いたくて、どうしても勇気が出せず。

ずーっと、こっそり後を追いかけていたのだ。

そんな相手を前にして——

ふえ～ん
緊張の糸が切れてしまい、リリアンは思わず泣きだしてしまった。

「えっ？ ご、ごめんなさい。僕、なにか気に障《さわ》ることを言っちゃったかな。……助けて、アリア～!?」

「もう。何してるんですか、先輩——」

呆《あき》れた声を出すのは、イシュアと共に旅するアリアという名の聖女。

そんな騒ぎも、リリアンの耳には入っていなかった。

勇者というのは人類の希望である。

常に先頭に立って、苦しむ人々の希望にならなければいけない。

座り込んで助けを求めるなんて許されない。

それなのに、リリアンは思ってしまったのだ。

――助かった、と。

イシュアが来てくれて心強いと、涙がこぼれるのを抑えきれなかったのだ。

そんなことでは、勇者失格だ。


「えぇっと、迷惑じゃなければ魔力を渡そうか。すっからかんだよね？」

「は、はいぃぃ！　お、お、お、お願いします！」

突如として目の前に現れたイシュアは、当たり前のようにそう提案した。

リリアンは、緊張から目を閉じてしまい――

「ほえぇ？　こ、こんなにすぐ!?」

みるみる回復するマナに目を見張る。

底を突いていたマナが、文字通り一瞬で全回復したのだ。

「ごめんなさい、この空間を生み出すためのマナも肩代わりできればいいんだけど、僕のレベルだと術式が理解できなくて――」

「ひゃいっ！　十分すぎます！」

ぴゃー、と悲鳴を上げるリリアン。

そんな様子を見て、イシュアは不思議そうに首を傾げるのだった。

一三章　マナポーター、勇者リリアンの窮地を救って救世主となる

「な、なにここ？」

時空の歪《ゆが》みを調べていたら、見知らぬ空間に転移していた。

混乱する僕が最初に目にしたのは、見覚えのある小さな少女だ。

（この子とディアナさんと……。向こうにいるのは、オーガキングの変異種？）

（それなら、この空間は、何らかの戦闘スキルかな？）

となると先ほどの時空の歪みは、エルフの里の異変とは関係なさそうだ。

僕は歪みの原因が判明し、ひとまずホッとする。そうと分かれば、すぐにでも彼女たちをサポートしたいところだが、

ふえ～ん
泣《な》きだしてしまった少女を前に、僕は途方に暮《く》れる。
慌《あわ》ててアリアに助けを求めたら、ひどく呆《あき》れたような目で見られてしまった。

(なんで⁉)

何か傷付けるようなことを言ってしまったのかもしれない。

だとしても謝るのは後でもできる。

結局、僕が選択したのは自分の役割を果たすことだった。

(異空間を生み出して転移させる術式か)

(悔しいな。ちっとも解析《かいせき》できないや)

僕が消費するマナを肩代わりするには、術式の理解が必要不可欠だ。

術式の理解ができないならマナの肩代わりは不可能。消費されたマナを、地道に補充していくほかなさそうだった。

僕は許可を得てから、少女にマナを注いでいく。

『ハイチャージ!』

「ほえ? こ、こんなすぐに⁉」

何故《なぜ》か、ものすごく驚かれてしまった。

「オーガキングの変異種か。たっぷりと瘴気《しょうき》を吸ってるみたいだね」

「イシュアさん、巻き込んでしまって悪いね。クエストを受けたんだけど、見てのとおりちょっと苦戦していてな」

ディアナがモンスターを警戒しながら、僕にそう言った。

どうやらディアナたちも、偶然この地方でクエストを受注していたらしい。

──まさか自分を追いかけてきた、とは夢にも思わない当人であった。

「ディアナさん、大丈夫ですか？　だいぶ顔色が悪いです」

「情けないことに、だいぶ瘴気を吸い込んでしまってね。治癒《ちゆ》手段もないから、リリアンの回復魔法で誤魔化してる状態だ。まだ動けないほどでは──」

「『ハイチャージ！』『クリーン！』……少しはマシになったと思います。どうでしょう？」

「!?　し、信じられない。体がすごく軽くなったぞ!?」

瘴気に侵《おか》されたマナを追い出すように、僕はディアナにもマナを補充する。

瘴気とは、闇と呪詛《じゅそ》のマナの複合体だ。打ち消し合うマナを注いでやれば、専門的な知識はなくとも症状を和《やわ》らげることは可能なのだ。

「イシュアさん、あなたはつくづく規格外だな。そんな方法で、瘴気に侵された体を治癒するなんて……」

「えっへん！　先輩は本当にすごいんですよ！」

アリアが、えっへんと胸を張る。

マナポーターには、魔法を使えない底辺ジョブという偏見《へんけん》が付きまとう。だからこそ少しでも役に立てるように、術式解析から魔力の属性配合など、様々なことを独学で勉強してきたのだ。こうして認められる日が来て、素直に嬉しい。

僕はオーガキングに向き直った。

「イシュアさん、最期《さいご》に会えて嬉しかったの」

一方、リリアンも悲壮な顔でモンスターに向き直った。

「あれは今の私には倒せない難敵なの。だけど勇者のプライドにかけて——時間稼《かせ》ぎぐらいはしてみせるの！」

そう宣言するリリアン。

自《みずか》らの生命を賭《と》してでも、僕たちのことを逃がそう。

その瞳には、そんな意志が見え隠れしていた。

「リリアン、さん？」

(同じ「勇者」でも、ここまで違うのか……)

リリアンの決死の覚悟を聞いて、僕は感動していた。

かつてリーダーだった勇者は「おまえらは勇者である俺様に尽くして当然だ！」とふんぞり返っていた。敵《かな》わない相手と相対《あいたい》したら、容赦なくメンバーを切り捨てることを選ぶだろう。

「間違いないの。イシュアさんは、いずれ世界の救世主になるの。だからここは——」

「あの！　リリアンさん！」

「ひゃ、ひゃい!?」

僕が声をかけただけで、リリアンは大げさに飛び上がった。

（僕なんかが救世主だって？　あり得ないよ）

（もしも本当にどうしようもない状態なら、どう考えても生き残るべきは勇者だよ）

勇者リリアンは、勇者の中でも期待の星であった。

こんなところで失われるべき生命ではないのだ。それに――

「たしかに強敵だと思う。だけど倒せない相手ではないよ」

あまりに状況を悲観しすぎだ。

「なに？　それは本当か!?」

口惜《くちお》しそうに唇を噛んでいたディアナが、驚いたように聞き返してきた。

「アリア、いつものをお願い」

「はい、先輩！　『エンハンスド・シャープネス！』『パーティ・リカバー』『プロテクション！』」

「な――!?　このバフの効果量は何だ!?」

さすがのディアナも、自身にかけられたバフの強力さに驚きを隠せない様子。

アリアの魔法には、独自のアレンジも加わっている。冒険者学園時代からアリアの努力を知っているだけに、ディアナの反応には僕まで嬉しくなった。

「ありがとう、アリア。魔力は全部僕が負担するよ。何かあったら、すぐに回復魔法をかける準備を。相手の様子次第では、常にかけっ放しでもいいよ」

「分かりました！」

　聖女がパーティ全体に回復魔法とバフをばら撒《ま》き続ける。単純ながらも強力な戦術である。即死しない限り、態勢はいくらでも立て直しが効くはずだ。

「あ、あり得ないの。あれほどの魔法の消費魔力を補ってるの？」

「リリアンさん」

　何かを呟《つぶや》くリリアンに、僕は声をかける。

「ひゃ、ひゃいっ！」

「高濃度のマナに耐性はある？」

「訓練したことはあるの。大丈夫だと思うの」

「分かった。苦しくなったら遠慮なく言ってね」

『マナリンク・フィールド！』

　この戦闘は、彼女の張る固有結界が肝《きも》となるだろう。

　魔力の肩代わりはできないけど、せめて魔力の回復速度を上げるぐらいなら。

　僕は、リリアンの周囲に集中的にフィールドを展開する。

（さ、さすがリリアンさん。この密度のマナも平気なんだ）

（アランなんて「気持ち悪くなるから使うな！」と怒ってたからなあ）

「す、すごいの。マナの回復速度が考えられないぐらい上がってる。これなら三〇分は固有結界をキープできるの！」

「良かった。でも残量が不安になってきたら言ってね。すぐにチャージするから」

「はいっ！」

リリアンはこくこくと何度も頷《うなず》いた。

そうして反撃の態勢は整った。


（それにしても昇格した変異種は別格だね）

僕は改めてオーガキングを観察する。

瘴気を取り込む前から、考えられないほどの進化を遂《と》げていたのだろう。

（この状況で僕ができることは、これしかないね！）

僕は意識を集中してマナをコントロールする。

オーガキングを見据えて、ありったけの聖属性のマナを流し込んだ。

瘴気を吸い込んで「昇格」したモンスターを倒すためには、どうすればよいか。

答えはシンプルだ。取り込んだ瘴気を中和すればいい。


グアァァァァァ！

オーガキングは、苦しそうにうめき声を上げた。

瘴気が中和され、みるみるうちに弱体化されているのを悟ったのだろう。

初めてこちらを警戒した目で見てくるが、

(今さら気がついても、もう遅いんだけどね)

(アリアの支援魔法にリリアンの固有結界がある。どこにも逃げられないよ)

「あいつの瘴気は、僕が中和します。アリアの回復魔法があれば、絶対に負けない戦いです。焦《あせ》らずにじっくり——」

「いいえ。ここまでお膳立《ぜんだ》てしてもらったんだ。耐久戦なんて必要ない」

「なの。勇者の名にかけて——今度こそ一撃で終わらせるの！」

リリアンとディアナが頷き合った。

勇者は剣聖に剣を贈る。万物を斬り裂く願いの剣だ。込められたのは魔王を討伐して平和な世界を作りたいという願い——それとイシュアに巡り会えたことへの感謝の祈り。

目の前で見た奇跡のような光景。

憧《あこが》れの人の前で、情けないところなんて見せられない。リリアンの祈りが生み出すのは、神の祝福を浴びた七色の剣。

(これが勇者の力か……！)

幻想的な輝きは、見ているものに勇気を与えてくれた。

「どりゃあぁぁぁ！」

アリアがかけたありったけのバフの効果もある。

ディアナは瞬《また》く間《ま》にオーガキングに肉薄《にくはく》し、今度こそ一刀のもとに斬り伏せるのだった。

＊＊＊

オーガキングとの激闘を終えて。

リリアンが『幻想世界』を解除し、僕たちは改めて自己紹介をしていた。

「私はリリアン――ふつつかながら勇者をしてるの」

「ディアナだ。この間は、いきなり勧誘してすまなかったな」

わたわたと一礼するリリアン。

動きに合わせてぴょこぴょこっとアホ毛が揺れていた。

そんなリリアンを見守るディアナの視線は、パーティのリーダーというよりは可愛い妹分に向けるような眼差《まなざ》しで。

一瞬のやり取りながら、たしかに二人の間にある絆《きずな》を感じた。

「イシュアです。ジョブはマナポーターです」

「アリアです。ジョブは聖女です」

僕たちも合わせて自己紹介。

それから僕は、しみじみと口にした。

「それにしても、さすがは勇者様と剣聖です。あれほどの敵を一撃で倒せるなんて――ものすごく格好良かったです！」

僕の言葉に、リリアンとディアナが照れた様子で、

「イ、イ、イシュアさん。イシュアさんも！　すっごく格好良かったの！」

「ありがとうございます、リリアンさん」

「ひゃ、ひゃ～!?」

どうしたのだろう？

顔を真っ赤にして、リリアンはディアナの後ろに隠れてしまった。

「ごめんな、イシュアさん。この子、憧れのイシュアさんに会えたのが嬉しくて。照れてるんだと思う――」

「う～！　ディアナ～」

恨めしそうな顔で、リリアンがぽかぽかとディアナを叩く。

（はは、まさかリリアンさんみたいな立派な勇者が、僕みたいな新人冒険者に憧れるなんてあり得ないでしょ）

（ディアナさんも面白い冗談を言う人だなあ）

「イシュアさん！　あなたこそ人類の救世主なの。ほんとうに、尊敬してるの！」

「あはは、ありがとうございます。勇者様にそう言ってもらえると自信になります」

リリアンは、空気も読めるとてもいい子だった。

「うう、本気で言ってるのに……」

う〜、と頬をふくらませるリリアン。

そんな様子を見て、ディアナはよしよしとリリアンの髪を撫でた。

「先輩、先輩！　私の魔法はどうでしたか？」

「アリア！　完璧だったよ！」

そうこうしていると、アリアも会話に割り込んできた。

「やっぱり『パーティヒール』は安心感があったね。それに、いつでもかけられる『プロテクション』が、四つも展開されてると――」

「はいはい。振り返りは後にしてな」

僕たちがそんなことを話していると、パンパンとディアナが手を叩いた。

「あのあの、イシュアさん。もう一度だけエルフの里に戻りたいの。世界樹の効果があれば、ここまでの瘴気はあり得ないの。やっぱり調査が必要なの」

「同感だよ。でもさっきは、普通に拒否されたしなあ……」

世界樹に何か異常があることは、ほぼ確実だろう。

だけどまさかエルフの里に、力ずくで入るわけにもいかないし。

「勇者のライセンスを使うの。昇格したモンスターが辺りを跋扈《ばっこ》しているの——否《いな》、とは言わせないの」

そんなことを考えていたら、リリアンは自信満々にそう言いきった。

そうして僕たちは、再びエルフの里に向かうのだった。

一四章　勇者、世界樹にとどめを刺しかける

《アラン視点》

時は少しだけ遡《さかのぼ》る。

パーティメンバー全員に逃げられた俺は、何故《なぜ》か国王からの呼び出しを受けていた。

「ま、まずいぞ?」

(どうすんだこれ!?)

勇者というのは、世界の希望を背負って立つものだ。

国民を安心させるための材料が欲しい――との理由で、定期的に成果の報告を求められるのだ。しごくまっとうな理由だが、今はとてもまずい。

(よりにもよって、何で今なんだよ!)

世界各地の勇者の中には、目覚ましい戦果を挙げている者もいる。

最近ではリリアン――魔王直属の四天王の一人に深手を負わせて追い払った英雄だ――が特に有名だろうか。

城を上げての大々的なパーティは、記憶に新しい。

可憐《かれん》な容姿と、勇者としての圧倒的な実績。リリアンという少女は、勇者の中でもダントツで国民からの人気が高い存在だった。

「俺が挙げた戦果。戦果なあ――」

少しだけレベルは上がった。

……言ってみれば、それだけだ。

有名な賞金首モンスターを討伐したわけではない。それどころか目標にしていたAランクダンジョンの攻略は大失敗だ。はっきり言ってしまえば、何の成果も挙げられていない――それが我が勇者パーティの現実である。

否《いな》、もはや勇者パーティは存在していない。

パーティメンバーはすでに全員が脱退しているからだ。

（あれ……。本当に、やばくね？）

（メンバー全員に逃げられたとバレたら一巻の終わりだぞ！）

リーダーとして不適格。そう烙印《らくいん》を押され、勇者の資格を剝奪《はくだつ》されかねない。

今さら一からスタートなどやってられるか。

（なんとしても隠し通すぞ！）

そんな決意と共に、俺は謁見《えっけん》の間《ま》を訪れた。

＊＊＊

「顔を上げよ、勇者アラン」

厳《いか》めしい顔をした初老のおじさんが、ひざまずく俺に声をかけた。

衰《おとろ》えぬ眼光を持つこの男こそ、一国を束ねる国王である。

「さっそく戦果を報告してくれたまえ」

（い、いきなり来た……）

ごくりとつばを飲む。

焦《あせ》りを気取《けど》られてはいけないのである。

「そ、それが、少しばかりAランクダンジョンの攻略に手こずっておりまして……。次回こそは良い報告を上げられるかと思います」

「その言葉は聞き飽きたわ。何度、同じ言葉を繰り返すつもりだ！」

（そ、そうだっけ……？）

俺は冷や汗をかきながら、どうやってこの場を切り抜けるか頭を巡らせていた。

「来週にはSランクダンジョンも攻略してくると、最初はそう言っていたではないか」

「も、申し訳ございません！」

ギリリ、と歯噛みしながら身を屈《かが》める。

攻略が遅れたのは、メンバーに臆病者がいたせいだ。

(だいたい今回の失敗も俺のせいではない)

(俺の聖剣は、モンスターを一撃で倒していたんだぞ！)

「もう良い。それよりイシュア殿はどこだ？　彼の方がよほど信頼できる。いつになったら攻略が可能か、本当の見通しが聞きたい」

「く……、イシュアの奴は、少しばかり体調を崩しておりまして」

(クソがっ！)

(何故、そこで名前が出てくるのがイシュアの野郎なんだ！)

「な、何だと？　大丈夫なのか？」

大慌《おおあわ》てで国王が立ち上がる。

「アリアが付いていています。大事《だいじ》をとって休んでいるだけです。大きな問題はありません」

(ここだけだ。ここさえ誤魔化せば、まだどうとでもなる……！)

俺はさらなる嘘を重ねていく。

次に来るまでに成果を出せば、これまでのことは大した問題にはならないはずだ。

そんな俺の内心を知ってか知らずか、国王はこんなことを言い始めた。

「勇者アラン。貴様に一つ頼み事がある」

「何なりとお申し付けください、陛下」

こちらを探る話題が終わり、俺はホッとした。しかし国王の話を聞くにつれ、事態の深刻さに思わず表情が曇っていく。

「原因不明の異常事態？　エルフの里の周辺から、やたらと強力なモンスターが流れ込んできている？　何だってそんなことに……」

「シッ！　声が大きいぞ！」

国王は声を潜《ひそ》めて状況を説明した。

エルフの里の周辺で、モンスターが凶暴化しているらしい。

ランク以上の強さを持つ「昇格」したモンスターも多数見つかり、現地では既《すで》に甚大《じんだい》な被害が出始めているらしい。

「お、大事ではありませんか。冒険者ギルドにお触れは出さないのですか？」

「許可のない者は近づかないように、すぐにでも書状を出すつもりだ。原因も分からず私としても頭を抱《かか》えているよ」

そう言いながら、国王は真っ白になったヒゲを弄《いじ》った。

「間の悪いことに勇者リリアンが、クエストをこなすために向かってしまってな。さすがのリリアン嬢でも、何も知らぬままでは危険極まりない。信頼できる者をサポートとして送り込みたいのだが……」

（――チャンスだな！）

俺は内心でほくそ笑む。

（新進気鋭のリリアンですら、危険だというエルフの里の問題か……）

（そこに颯爽《さっそう》と駆けつけて、あっという間に解決したのなら！）

これまでの失態を、帳消しにできるほどの戦果だろう。それどころか、一躍、国で有名な勇者の仲間入りだ。

（くっくっく。運が向いてきやがったぜ！）

（だから素直に戻ってくれれば良かったんだよ、イシュアさんよう！）

「その一件、喜んでお受けします。すぐにでも解決してみせましょう」

「本当に大変な事態なのだ。この一件は、イシュア殿とよく相談して方針を決めてくれ。くれぐれも先走るでないぞ」

「分かっております。すべて俺にお任せください」

心配そうな国王の言葉を、俺は話半分に聞き流していた。

そうして俺は、エルフの里に向かうことになった。

＊＊＊

（ふむ、道中では特に問題もなかったな）

エルフの里には、馬車を乗り継いで移動した。

周辺には昇格したモンスターが出ると聞いていた。しかし俺の警戒をよそに、特に目立った異状は見当たらなかった。

「まずは聞き込みから始めるか」

エルフの里に向かった俺であったが、

「また人間か。許可のない者を、エルフの里に入れることはできない」

門番にあっさりと拒否された。

「俺は勇者だ。エルフの里を調べさせてほしい」

「勇者が一人きりで行動しているはずがないだろう。なにを企《たくら》んでいる？」

ここぞとばかりに、俺は勇者としての冒険者ライセンスを掲《かか》げた。それでも難色を示す門番に、俺が地団駄を踏んでいると、

「これは何の騒ぎじゃ？」

一人のエルフの少女がやってきた。

（か、可愛い！）

美しい少女だった。

幼さの残るあどけない顔立ちに、スレンダーな体型。長く伸ばされた黄金色のサラサラの髪

が印象的だった。エルフという種族は長命であり、見た目と年齢が一致するとは限らないが、実に俺好みの美少女であった。

「チェルシー様！」

「このような場所に、何の御用ですか？」

驚きながらも、門番たちは少女に敬礼する。

「うむ」

当たり前のようにエルフの少女は頷《うなず》いた。

「チェルシー様。この『勇者』を名乗る人間が、エルフの里に入れろと要求してきているのです。すぐに追い返しますので！」

「名乗るとは何だ。俺は正真正銘『勇者』のジョブを持ち、国王陛下から勇者と認められている男だ」

俺がそう主張しても、門番たちは胡散臭《うさんくさ》そうにこちらを見る。

「ふむ、我はチェルシー。エルフの女王じゃ。人間の勇者よ、いったい何の用じゃ？」

「エルフの里周辺の様子がおかしいと聞いたのでな。調査に来たのだ」

エルフの女王ことチェルシーは、俺の答えに難しい顔で考え込んでいたが、

「いつまでも隠し通せるモノではない。解決の見通しも立たなかったところじゃ。さすがに潮時じゃろう……」

重々しくチェルシーが頷く。

「かしこまりました、チェルシー様」

「入れ、人間。くれぐれも妙な真似はするなよ？」

門番たちは、そんなことを言いながら脇に避けていった。

「これは世界を巻き込む大混乱に発展する可能性もある。人間に協力を仰《あお》がねばならん時が来たのじゃろうな……」

不穏なことを呟《つぶや》くチェルシー。

（あれえ？）

（なんか想像以上にヤバそうな。本当に俺にどうにかできるのか……？）

手柄に目がくらんでいたが、遅まきながらこの状況に不安を覚える。エルフの里周辺に危険なモンスターが現れるようになったという異変——その原因を解決しろと言われたら……。

（み、見るだけだ……）

（ヤバそうならさっさとずらかるぞ！）

危機感を覚えながらも、進まないという選択肢もない状態だ。

俺は戦々恐々としながら、エルフの里に足を踏み入れるのだった。

＊＊＊

チェルシーに案内されて、俺はエルフの里の中を歩いていく。

「なあ、どこに向かっているんだ？」

「しらばっくれなくとも良い。貴公が世界樹の調査に訪れたことは分かっておる」

そうして案内された先は、天まで届こうかという立派な大樹の前だった。傍《そば》に立って見上げても、まるで頂点が見えなかった。

（これが世界樹ユグドラシルか——）

その大きさよりも、まず目についたのは——

「枯れかけてないか？」

世界樹は枝や葉が萎《しお》れていて元気がなかった。

根本の方は瘴気《しょうき》に侵《おか》され、どす黒く変色している。

「そのとおりじゃ。世界樹は今、急速に生命力を失っておる。瘴気の浄化も、思うようにできない有り様なのじゃ」

チェルシーの言葉は、衝撃的なものだった。

もともとこの周辺は、瘴気が濃かったという。世界樹の浄化能力により、どうにかモンスター以外の生物が住める環境をキープしていたのだ。

（その世界樹が弱っている）

（なるほど。瘴気が浄化されないせいで、モンスターが凶悪化してるんだな）

一連の謎が繋がった。

繋がったが……、俺の手には余る問題に思えた。

「どうじゃ？　どうにかなりそうか？」

「俺は勇者だ。任せてくれ」

（言ってしまったあぁぁぁぁ!?）

ここまで来たら、今さら後には引けない。エルフの里の調査は、国王陛下からの勅命《ちよくめい》依頼なのだ。何がなんでも、このクエストは成し遂《と》げなければならない。

失敗すれば、謁見の間で嘘をついていたこともバレる。ジ・エンドだ。

「ほんとうか？　貴公ならどうにかできるのか？」

「ああ、俺は勇者だからな」

チェルシーが、縋《すが》るような視線を向けてくる。

（世界樹っていっても、所詮《しよせん》は木だろう！）

（ちょこちょこっと回復魔法をかけてやれば、すぐに元気になるだろう！）

我ながら楽観的すぎる考えではあった。だけども、その楽観的な予測に頼るしかないのが現状であった。

「おお！　さすがは勇者様じゃ。実に頼もしい。さっそくプロジェクト・ユグドラシルのメンバーを呼んでこよう」

「プロジェクト・ユグドラシル!?」

「ああ。エルフの里の未来は、貴公にかかっておる――頼んだぞ！」

チェルシーはそう言って、大急ぎで走り去るのだった。

(世界樹を回復させるためのプロジェクトがあるのか!?)

希望に満ちた顔をしたチェルシーには悪いが、まったくもって治療方法に心当たりなどない。

俺は枯れかけた世界樹の前で、途方に暮れていた。回復魔法をかけるなんて初歩的なこと、専門チームが試していないわけがない。

(な、なんだか大事《おおごと》になってしまったな――ヤバくないか!?)

(落ち着け、落ち着け。俺は勇者だ。こんな木の一本や二本、簡単に回復してみせる！)

……残念ながら気合いでどうにかできるほど現実は甘くない。

しかし嘘に嘘を重ねていた俺は、既に引けないところまで来てしまったのだ。

＊＊＊

やがてエルフの女王――チェルシーが大勢を連れて戻ってきた。

彼らは世界樹ユグドラシルを研究しているプロジェクトのメンバーである。突如《とつじょ》として現れて「任せてくれ」と言いきった人間に、興味津々《しんしん》の様子だった。

（俺が使える中で一番高度な回復魔法はこれだな）

『リザレクション！』

瀕死《ひんし》の重傷を負った者すら蘇《よみがえ》らせる上位の回復魔法。勇者という前衛を張れるジョブでありながら、回復魔法も使いこなせるのは俺の密《ひそ》かな自慢だったのだが――

「何の戯《たわむ》れじゃ？　知られている回復魔法など、とっくに全て試しておる。ユグドラシルに初歩的な回復魔法など効くはずがないじゃろう」

チェルシーが不思議そうに聞いてきた。

「し、下準備さ。何も問題はないぞ」

そう答えながらも、俺はすでに内心では冷や汗をかいていた。

俺が試せる回復魔法は、それほど多くない。

（瘴気に侵されて枯れかけているなら――状態異常みたいなもんだろう！）

『リカバー！』

『アンチ・ポイズン！』

俺は焦《あせ》りながら回復魔法を連発する。

「勇者と言うからどれほどのものかと思えば」

「そんなもので治療できるのなら、我々は苦労していないさ」

「瘴気というのはモンスターの生命力で、マナそのものだ。状態異常とは違う」

プロジェクト・ユグドラシルの面々は、そんなことを囁《ささや》き合っていた。

冷えきった空気に、俺の焦りは頂点に達した。

（く、くそっ）

（たかが木のクセに、俺の輝かしい栄光への道を阻《はば》むつもりか！）

そこで諦《あきら》めて「無理でした」と言えれば、違った未来だってあったのかもしれない。

「茶番は終わりだ。勇者の力をお見せしよう」

しかし後に引けなくなっていた俺は、冷静さを失っていた。

俺が手に取ったのは、困ったときはいつだって助けてくれた聖剣エクスカリバー。

「アラン殿、いったい何をするつもりじゃ？」

「黙って見ていろ。瘴気のもとを〝切除〟する」

俺が目を付けたのは、ユグドラシルの肥大化した一つの枝だった。

たっぷりと瘴気を吸い込んで、どす黒く変色していた。

あそこをエクスカリバーで切り落とせば、たちまち世界樹も元気になるはずだ。

『聖剣よ！　我が求めに従って顕現《けんげん》せよ！』

俺は聖剣を構え、ユグドラシルに斬りかかる。

俺の一撃は、どす黒く変色した枝をスパッと切断した。

「やった！」

「アラン殿！　血迷ったか!?」

喜ぶ俺とは対照的に、チェルシーが悲鳴を上げた。

「な、なんと罰当たりな!?」

「何ということをしてくれたんだ……」

「貴様！　エルフの里を滅ぼすつもりか！」

さらには集まったプロジェクト・ユグドラシルの面々も、口々に非難の声をぶつけてくる。

蜂の巣をつついたような騒ぎに、俺は困惑《こんわく》した。

「何って……。俺は、世界樹の中で瘴気をたっぷり吸った枝を切除して――」

「あれは瘴気から身を守るためのユグドラシルの本能じゃ！　瘴気が大樹全体に行き渡らないようにするための、最後の砦《とりで》じゃったのに――」

(な、何だと!?)

「そ、そんなこと俺は知ら――」

チェルシーの言葉を裏付けるように、世界樹には劇的な変化が起きていた。

集まった人々を絶望させるように、瘴気による黒い穢《けが》れが、ゆっくりと世界樹全体に広がっていく。天まで届かんばかりの世界樹を覆《おお》いつくすように。

「ああ、ユグドラシルが死んでいく」

「もうエルフの里は終わりだ」

今までエルフたちの心の拠《よ》り所になっていた世界樹ユグドラシル。瘴気に覆われて死んでいく様子を見て、集まった人々は絶望に涙を流していた。

「何ということをしてくれたんじゃ」

「こ、こんなことになるとは……」

うろたえる俺に、チェルシーから冷淡な言葉がかけられた。

「勇者殿、すまんが出ていってくれ。貴公に任せようと思ったのが間違いだったようじゃ」

「ま、待て――」

（まずい。まずすぎるぞ、これは！）

（リリアンの代わりクエストを解決するどころじゃない。このままじゃ俺は――）

「何かの間違いだ。頼む、もう一度だけチャンスをくれ！」

「ふざけるでない！」

そのあまりの迫力に、俺は口を閉じるしかなかった。

長年、世界樹を守ってきたという自負と、目の前の受け入れがたい現実。どうしてこのような軽薄そうな男を信じてしまったのかと、チェルシーは後悔に襲われていた。

「信じた我が愚かだったのじゃ。ユグドラシルを守り抜くことは、我らの使命じゃった――それなのに、こんな最期《さいご》を迎えるなんてな……」

チェルシーは、そっと世界樹に歩み寄る。

軽く世界樹を撫でて、力を失ったように座り込んだ。

「もうエルフの里はおしまいじゃ。皆も新天地を求めて旅立つが良い」

「そんな、チェルシー様は？」

「我は世界樹と運命を共にしよう。それが使命を全《まっと》うできなかった愚かなエルフの女王の――最後の役割じゃ」

世界樹が完全に死んでしまえば、エルフの里も瘴気に覆われるだろう。そうなれば、この地で生きていくのは不可能だ。世界樹が完全に死んだ今、残された時はそう多くはない。

――知らなかったでは済まされない失態であった。

「そんな！　チェルシー様がいなければ、誰がエルフの民《たみ》を導くというのですか」

「嫌です。このまま誇りを捨てて逃げ延びるなら、俺だってここで滅びを受け入れます」

口々に言うプロジェクト・ユグドラシルの面々。

里に確実に訪れる滅びを前に、エルフたちは口々にチェルシーに訴えかけた。


――そんな悲劇的状況の中。

エルフの里を訪れる人間たちがいた。

「初めまして。僕たちは世界樹の調査に来ました」

「もう拒否権はないの。私はリリアン、勇者なの！」

場違いに響き渡るのは、底なしに明るいそんな声。

そうして現れた彼らは、滅びゆくエルフの里の運命を変えることになる。

一五章　マナポーター、世界樹ユグドラシルを蘇らせる

リリアンと合流した僕たちは、再びエルフの里を訪れていた。

エルフの里周辺で起きていた異変の原因が世界樹にあるなら、とても放置はできない。一度はエルフの里に入ることを諦《あきら》めた僕たちであったが、リリアンが持つ勇者のライセンスがあれば入れるはずだ。

「初めまして。僕たちは世界樹の調査に来ました」

「もう拒否権はないの。私はリリアン、勇者なの！」

リリアンが、意気揚々《ようよう》と勇者ライセンスを掲《かか》げた。

「ああ、世界樹の調査だな――通るが良い」

門番は予想に反して、アッサリと僕たちをエルフの里に迎え入れた。

（やけに簡単に入れたね）

（ちょっと前の頑《かたく》なさが嘘みたいだ）

正直、ひと悶着《もんちゃく》あることも覚悟していた。

こうまで呆気《あっけ》なく入れたのは不気味なぐらいだ。

「こう言っちゃ失礼かもしれないけどな。さっき入っていった勇者とやらは、全然エルフの里のことを理解していない様子だったからな」

「世界樹のことを任せるには少し不安なんだ」

門番は、ぽろっとそんなことを口にした。

（さっき入っていった勇者……？　何のことだろう？）

僕は首を傾《かし》げながら、エルフの里に足を踏み入れるのだった。

＊＊＊

道案内を買って出た門番の後を、僕たちは付いていく。

「先輩先輩、ついに入れましたね！　まさかこの目で伝説の世界樹を見れる日が来るなんて──夢みたいです！」

「ずっと楽しみにしてたもんね。僕も楽しみだよ」

アリアはテンション高く鼻歌まじりで歩みを進めていた。しかし、そんなアリアのテンションも長くは続かなかった。

門番に案内されて僕たちがたどり着いたのは、高台にある広場である。

「そ、そんな。何ですかこれは?」

「――これは……」

エルフの里の入り口からは、まったく見えなかった世界樹。

僕たちはその姿を目の前にして、思わず絶句していた。その姿はあまりに、想像していた姿からはかけ離れていたのだ。


「世界樹が……、死にかけてるの」

リリアンが小さく息を呑む。

――僕たちを迎えたのは、全体がどす黒く変色した無残な大樹の姿であった。

「勇者様が何を思ったのか、瘴気《しょうき》を封じ込めていた枝を切り離してしまったのです。それで一気に瘴気が全体に広がってしまったのです」

プロジェクト・ユグドラシルのメンバーを名乗るエルフの一人が、門番にそう説明する。

世界樹の前には、多くのエルフが集まっていた。死にかけた世界樹は、エルフの里の終わりを予感させるようで、誰もが呆然と世界樹を見上げている。

そんなエルフたちに交じって、僕は見覚えのある人影を発見した。

「アラン!?」

「な、貴様は! 何でこんなところにいやがるんだ!」

　ギョッとした声で反応するのは、僕を追放した勇者のアランであった。

「いろいろあって、エルフの里の偵察依頼を受けたんだ。――そんなことよりアラン、君は世界樹に何をしたの？」

「うるさい！　マナポーターごときが俺に偉そうな口を利《き》くな。貴様には関係ないだろう！」

「そんなこと言ってる場合じゃないよ」

（呆《あき》れた。どう見ても緊急事態なのに……）

　今はエルフの里が滅ぶかどうかの瀬戸際《せとぎわ》だ。くだらない因縁《いんねん》を気にしている場合ではないだろう。そう思う僕だったが、アランは頑として口を開かなかった。

「そなたたちは誰じゃ？」

　険悪なムードの僕とアランの間に割って入るように、エルフの少女が声をかけてきた。

「イシュアと申します。エルフの里の調査依頼を受けて参りました」

「リリアンなの。成り行きでイシュアさんに同行してるの」

「やれやれ。そなたたちもエルフの里の調査に訪れたのじゃな。もう隠そうとは思わぬが――世界樹はもう手遅れじゃよ」

　エルフの少女は、悼《いた》むように世界樹に視線を送った。

「いったいここで何が……？」

「実は――」

そうしてエルフの少女——チェルシーと名乗ったエルフの女王は、ここで何があったのかを説明していった。

長年、エルフの里を瘴気から守ってきた世界樹ユグドラシル。

最近は瘴気に押されて、元気を失っていたという。

そんな中——エルフの里を訪れたアランがとどめを刺したというのだ。


「アラン！　何でそんなことを⁉」

「黙れ！　おまえに俺を責める資格はねえ！」

僕が思わずアランを問い詰めると、彼は逆上して怒鳴り散らした。

（……今は、アランを相手にしている場合じゃないか）

僕は世界樹に意識を集中し、マナを感じ取ろうとする。

詳しいことは直接触らないと分からない。けれども世界樹は、まだ生きている。

「世界樹は今にも死にかけていますが、まだ生きています。まだ間に合います。僕に世界樹の治療をさせてください！」

「彼の実力は、勇者である私——リリアンが保証するの。どうかイシュアさんのことを信じてほしいの！」

僕を見るエルフの面々の視線は冷たい。

僕たちに世界樹の治療を任せるどころか、

「そんなこと言われても、信じられるわけがないだろう！」

「一度、そいつを信じた結果がこれだ。もう騙《だま》されねえぞ！」

「これ以上、事態を悪化させられてたまるか！」

まるで世界樹を守るように、立ちはだかるではないか。

一度、エルフたちはアランに手ひどく期待を裏切られている。信じて治療を任せた結果、あろうことかとどめを刺すような真似をされたのだ。だとしても――

「このまま放っておいたら世界樹は死んでしまいます！」

「だからと言って――」

エルフたちは、困惑《こんわく》したように視線を交わし合った。

彼らもこのままではユグドラシルが緩《ゆる》やかに死を迎えるだけだというのは分かっているのだろう。それでも疑心を拭《ぬぐ》えず、どうすればいいか分からない――そんな閉塞《へいそく》感が場に漂っていた。

「本当、なんじゃな？」

その硬直を破る少女がいた――チェルシーだ。

「ええ。ユグドラシルはまだ完全に死んではいません」

まるで品定めするように、チェルシーは僕を見てくる。それから——

「座して滅びを待つぐらいなら。やってくれ！　我は、この里を諦《あきら》めとうない」

縋《すが》るようにそう口にした。

「そ、そんな。チェルシー様！」

「人間なんて信じても、ろくなことになりませんよ！」

集まっていたエルフたちは、口々にチェルシーを止めようとしたが、

「このまま黙って終わりを待つよりも——わずかでも可能性があるなら、我はそれに懸《か》けたいのじゃ！」

チェルシーは力強くそう宣言した。

「責任はすべてエルフの女王である我が持つ！」

(こ、これは責任重大だよ)

(でも、やるしかない。瘴気を浄化していた世界樹がなくなったらどうなるか。想像するだけで恐ろしいからね)

僕にできることは、世界樹の治療を成功させるべく全力を尽くすことだけだ。

＊＊＊

祈りをささげるエルフの女王。

固唾《かたず》を呑んで見守るアリアとリリアン。

エルフの里の人々の注目を一身に浴び、僕は世界樹に手を当てた。

(思ったとおりだね)

まずは少しだけ世界樹にマナを注いでやる。

正常に機能している樹木であれば、マナは全体に行き渡るようにスムーズに流れていくはずだ。しかしこの世界樹は、機能を瘴気にやられてしまっているのか、一向にマナが流れていく様子がなかった。

(状況は良くないね……)

(ここまで瘴気が回ってると、中和しても先に世界樹が死んじゃう)

瘴気による穢《けが》れが、マナの循環《じゅんかん》を阻害しているのだ。アランが切り離してしまったという瘴気を隔離するための機能。まずはそれを復元しないと話が始まらない。

『マナ・ホール！』

魔力制御の応用だ。

僕は闇のマナが極端に足りない歪《いびつ》な魔法陣を生み出し、世界樹に備え付けた。

「せ、世界樹に広がった瘴気が吸い込まれていく!?」

「ええ。マナの性質を利用したものです」

この魔法は、もともとモンスターからマナを奪い取る攻撃手段として編み出したものだ。属性間のマナ密度に差があると、密度が高い属性のマナは低い方に向かって流れる、という特性を利用したオリジナル魔法の一つだ。

少し工夫すれば、このように瘴気を吸い出すこともできるのだ。

「そんな方法で瘴気を吸い出せるのか!?」

「まるで神業《かみわざ》のようなマナ制御ではないか。貴公はいったい何者なのじゃ?」

世界樹の治療を祈るように見ていたチェルシーが、声を震わしながら口を開く。

(何者、と言われても……)

「ただのマナポーターですよ」

僕はそう答えて、再び世界樹に向き合った。

まだまだ予断を許さない状態なのだ。

「もしかすると——彼ならエルフの里を救えるのかもしれない!」

「頼む。俺たちの里を助けてくれ……!」

マナ・ホールが瘴気を吸い出すのを見て、集まった人々の僕を見る目も変わっていく。訝《いぶか》しげな目つきから、期待に満ちた眼差《まなざ》しへと。

(瘴気は、吸い出せる)

(マナも通るし、芯には綺麗なマナが残っているみたいだね)

「……うん。これならどうにかできると思います」

「本当か!?」

小さく呟《つぶや》くと、チェルシーが飛びつかんばかりに反応した。

「ええ。長年エルフの里を守ってきた――世界樹を信じてあげてください」

『マナ・ホール！』

『マナ・ホール！』

『マナ・ホール！』

僕は先ほどと同じように、瘴気を吸い込む魔法陣を大量に生み出した。

「リリアンさん。この魔法陣を、世界樹の瘴気が特に濃い場所に設置してきてください。お願いします」

「ひゃいっ！　分かりましたっ！」

リリアンは緊張した様子で魔法陣を受け取ると、そのまま空に飛び立った。

(さすがリリアンさん！)

(高いところは、僕じゃ手が届かないからね)

「先輩、私は何をすれば？」

「アリアは、とにかくありったけの回復魔法をお願い。結局は世界樹の生命力次第だけど――手助けにはなると思う」

「分かりました！」

アリアは元気に返事すると、回復魔法を唱え始めた。

アリアの回復魔法には、いつも助けられている——ほんとうに心強い限りだ。

「イシュアさん。私にも何かできることはあるか？」

「ディアナさんは……、そこで応援していてください」

「そ、そうか……」

しょんぼりとディアナ。


これで準備は万端。

徐々にどす黒さが薄れていく世界樹を見ながら、僕は瘴気を中和するべく魔力を注いでいく。

慎重に、時には大胆に。瘴気の対極にある属性のマナを与えていく。

一つのミスですべてが水の泡になりかねない綱渡りのような作業。たっぷり一時間近くをかけて、僕は世界樹の失われていたマナの循環機能を蘇《よみがえ》らせていく。

（瘴気を浄化できるキャパシティをオーバーしたときのことも考えるなら、瘴気を中和するための光属性のマナもどこかに蓄《たくわ》えておくべきかな）

どす黒く変色していた世界樹は、気がつけばすっかり元の色を取り戻していた。木全体にマナが行き渡れば、じきに元気になるはずだ。

「できるだけのことはやりましたが……」

　さすがに世界樹に魔力を注いだ経験などない。

　自信なく振り返った僕だったが、

「おおぉぉぉぉ！」

「死にかけていた世界樹から生命の息吹《いぶき》を感じる！」

「アリア様、リリアン様、イシュア様！　あなたたちはまさしく私たちの――いいえエルフの里の救世主です！」

　どーっと沸き上がる歓声に迎えられた。

　アリアたちが「え、私も？」と驚くが、当たり前だろう。

　世界樹の周りを飛び回って魔法陣を設置し続けたリリアンと、最上位の回復魔法を絶えずかけ続けてくれたアリアがいなければ、世界樹の治療は成功していない。

「もうダメだと思っておった。貴公らはまさしくエルフの里に降り立った救世主じゃ」

　一部始終を見守っていたチェルシーが、歓喜に瞳を潤《うる》ませてそう言った。

　それは少しばかり大それた評価な気もするけど……。今回の件は、たまたま僕の能力と世界樹の症状が噛み合っただけなのだから。

「ユグドラシルが息を吹き返した！　今日は祭りだ！」

「エルフの里に舞い降りた救世主様に感謝を！」

「イシュア様、バンザイ！　イシュア様、バンザイ！　イシュア様、バンザイ！」

どうにかなったとホッとする僕をよそに、エルフたちのボルテージは際限なく上がっていった。あまりの熱気に気圧《けお》され、

「ど、どうしよう。アリア⁉」

僕は頼れる聖女様に助けを求めるのだった。

「お、お任せしました。頑張ってください先輩！」

もっとも頼れる後輩も、目を白黒させて僕の後ろで震えていたけれど。

一六章

マナポーター、エルフの里のお祭りに参加する

世界樹の復活を喜ぶ人々に紛《まぎ》れ、こっそりエルフの里からの脱出を試みる者がいた。

名はアラン。世界樹にトドメを刺しかけた大変にダメな方の勇者である。

「どこに行くつもりだ？」

「へへっ。事態も解決したし、この場には別の勇者もいる。俺はお役御免かな〜なんて」

「逃がすわけないだろう。この里を滅ぼそうとした大罪人が！」

「どう責任を取るつもりだ！」

気がつけば、彼の周りにはエルフの兵たちが集まっていた。

心の拠《よ》り所たる世界樹にトドメを刺しかけた彼は、もはや犯罪者扱いだった。

この場に、アランの味方はいない。それでも諦《あきら》めきれないアランは、往生際《おうじょうぎわ》悪くキョロキョロと辺りを見渡し、

「おい、イシュア！　こいつらに何とか言え！」

「ええ……？」

目ざとく僕を見つけて、そんなことを言った。

一方的に追放しておいて、あまりにもムシのいい要求だ。だいたいアランがエルフの里を滅ぼしかけたのは事実——うんと反省してほしいところだ。

「俺を助けろ！　俺がこんな目に遭《あ》うなんておかしいだろう！」

「アラン、ここで世界樹が死んでたらエルフの里は終わりだった。そしたらエルフと人間の友好関係も終わりだった。それが何を意味するか……、少し考えれば分かるよね？」

「黙れ！　マナポーターの分際で、俺に逆らうつもりか！」

白けきった周囲の反応が、アランには分からないのだろうか。パーティを組んでいた時と変わらぬ彼の態度は、いっそ哀《あわ》れなほどだった。

「アランのことは、拘束しておいてください。国に帰ったら国王陛下に報告して、しかるべき報《むく》いを受けさせますから」

「こ、国王陛下に報告だと!?」

何をそんなに驚いているのだろう。

国王陛下に報告して、適切な判断を下してもらう。重犯罪人への対応としては、しごく当然のものだろうに。

「な、なあイシュア？　俺の処置は適切だったよな？　俺は、何も悪いことなんて——」

「アランのいい加減な処置のせいで、世界樹が死にかけたのは事実だよ」

「そうです。先輩がいなかったらどうなっていたことか――少しは事の重大さを認識してください。あまりにも見苦しすぎます」

隣にいたアリアも、バッサリと切り捨てた。

その後、アランは警備隊に捕らわれ牢に収監されることになる。国に帰ったら国王陛下の裁きによって、相応の処罰を受けることになるだろう。

「同じ勇者として情けないの」

「まったくだ。同じ勇者だとは思いたくもないな。このパーティのリーダーがリリアンで、本当に良かった」

「リリアンさんは立派な勇者だと、僕も思います」

「ひゃいっ!?　ありがとうございます！」

僕のふと漏《も》らした呟《つぶや》きに、ひゃーと大げさに反応するリリアン。

（な、なんだろう？）

（なにも変なことはしてないよね……）

なんにせよ表情がコロコロ変わって楽しい子だ。

こんな子がリーダーを務めるパーティなら、アリアと一緒にメンバーに加わるのも楽しいかもしれないね――僕はそんなことを思うのだった。

＊＊＊

「祭りだ〜！　祭りだ〜！」

　世界樹の再生。それはエルフの里で暮らす者にとって、想像以上に大きな意味を持っていたらしい。テンションが下がらぬまま、里を上げてのお祭りが開かれることとなった。

「ささ！　救世主様はこちらへ」

「向こうで、お酒も用意しております！」

「救世主様に、下手《へた》なものはお出しできねえ！　一番の食材を取り揃《そろ》えろ！」

　あれよあれよという間に宴《うたげ》の準備が調《ととの》えられ、僕たちはその真ん中に招かれた。

「私は何もしてないけどいいのか？」

「当然です！　救世主様のお仲間を、無下《むげ》にすることなんてできません！」

　どこか恐縮した様子のディアナだったが、エルフたちはすっかり歓迎ムードだ。

「それにディアナさんは、オーガキングを倒した立て役者だよ。今回の異変を解決した功労者の一人ですよ」

「それもイシュアさんのおかげで――」

「遠慮はなしです。せっかくのお祭り、みんなで楽しみましょう」

僕はやや強引に、彼女を宴の中心に引っ張っていった。

「ディアナ～！　お祭りなの～！」

リリアンだって絶対にその方が喜ぶはずだから。


「エルフの里に救世主が来てくださったことと！」

「世界樹が無事に救われたことを祝って――乾杯！」

そうして僕たちは、エルフの里のお祭りを楽しんだ。

最高級のエルフの里の特産品が、惜しげもなく振る舞われる。僕たちを歓迎するために、エルフの踊り子たちが優雅な舞踊を披露《ひろう》してくれる。長年の悩みが解消したおかげか、誰もが晴れやかな笑みを浮かべていた。僕たちがお祭りを堪能《たんのう》していると――

「楽しんでおるか？」

「ええ、とっても」

主催者であるはずのチェルシーが、こちらにやってきた。

「世界樹は、いずれ死ぬ運命なのかと思っておった。延命治療がいいところじゃと。まさかこんな日が来るなんて、本当に夢のようじゃな」

楽しそうに踊る人々を、チェルシーは満足そうに見ていた。

エルフの里の女王――いずれ死にゆく世界樹の守り手。いったい彼女の肩に、どれだけの重荷がのしかかっていたのだろう。

「お力になれて良かったです」

「イシュア殿。貴公らには本当に感謝してもしきれない。我の助けが必要であればいつでも言ってくれ。必ず力になると誓おう」

「ちょ、チェルシーさん!?　頭を上げてください！」

頭を深々と下げたチェルシーは、エルフの里の女王である。

軽々しく頭を下げていい人ではない。

「こうして立派なお祭りまで開いていただきました。気持ちだけで十分です」

「貴公は無欲なのじゃな。本当に立派な冒険者じゃ」

チェルシーは、目をまん丸に見開いていたが、

「酒じゃ～！　酒を持ってまいれ～！」

やがて気持ちを切り替えたように、明るい声でそんなことを言う。

楽しい宴席が、湿っぽくなるのを嫌ったのだろう。僕はチェルシーの心遣《こころづか》いに感謝しつつ、注がれたお酒を口に運ぶのだった。


……油断していた。

「いえーい、お酒です！　今日は果実酒をコンプリートするまで眠らないと決めました！」

「おー！　聖女の嬢ちゃんは、すごくいい飲みっぷりっだな！」

ふと見るとやけにアリアの周りが盛り上がっていた。

（あ～!?　しまった!!）

（気がついたらアリアがお酒飲んじゃってる!?）

見守る僕の前で、アリアはごくごくと果実酒をもういっぱい飲み干した。目を離した一瞬の間の出来事である。

（あぁぁぁ！）

（それ、見た目によらずすっごくアルコールが濃いやつうぅ！）

「えっへん、聖女は酔いを浄化できるんです！　無敵なんですよ～♪」

（だから、そんなことないからね!?）

「アリア、飲みすぎちゃダメ！」

「先輩は心配性ですね～♪　ヒーリングさえあれば大丈夫です！　そんなことより、先輩もこっちで飲みましょう？　このグレープ酒がですね～、ほんとうに絶品なんですよ～♪」

調子に乗って次々とお酒を飲み干す聖女様。

……いろいろと手遅れであった。

――さらには誤算がもう一つあった。

「しくしく。どうして私の気持ちは、イシュア様に届かないの～」

「リリアン～!? だ、誰だ。リリアンにジュースじゃなく酒を渡したのは!?」

少し離れたところでは、何故《なぜ》かわんわんわんとリリアンが泣いていた。

「うわ～ん！　私みたいな弱っちい勇者、どうせイシュア様に嫌われちゃってるんだ～」

「落ち着けリリアン！　とりあえず、その器から手を離すんだ！」

「い～や～な～の～～！」

酒の入った器を大事に抱《かか》え込み、駄々っ子のように首を振るリリアン。しっかり者だと思っていたリリアンの意外な姿に、ほっこりするけど……。

呆《あき》れた顔で宥《なだ》めすかすディアナと、ばっちり視線が合った。交わされる哀愁ただよう無言のアイコンタクト。

（……お互い、苦労してるね）

妙な親近感を覚えた。

結局、エルフの里を上げての宴は明け方近くまで続く。熱気は冷めぬまま、エルフの人々の喜びを発露するように。

そんなエルフの里を見守るように、ユグドラシルはどっしりと佇《たたず》んでいた。

一七章　マナポーター、特別恩賞を受け取ることになる

翌日、僕たちはアランを連れて王国に戻ろうとしていた。

「この！　おとなしくしろ！」

「黙れ！　俺を誰だと思ってやがる。勇者アランだぞ！」

言い争うアランとエルフたちの声が聞こえてくる。

「勇者とは、リリアン様や救世主イシュア様のようなお方を言うんだ！」

「里を滅ぼそうとした悪魔め！」

警備の者たちに引きずられるように、アランがやってくる。

牢に囚《とら》われた後も、諦《あきら》めが悪く逃げ出そうとしたらしい。もっとも「次、逃げようとしたら足を折る」と見張りに脅《おど》され、今はすっかりおとなしくなっているけど。

「おい、イシュア。貴様からも何とか言え！　勇者に対する非道な扱い。俺が訴えたら国際問題に発展するぞ！」

一晩経《た》っても、アランに反省の色は見えなかった。

大問題を起こした勇者のために、王国がエルフの里に抗議をするはずがないだろう。

(というか国際問題って言うなら、万が一にもアランを取り逃がすとヤバそうだ)

(エルフの里を滅ぼしかけた重犯罪人だしね)

「申し訳ないけどアラン、念のため聖剣が使えないようにマナを抜いとくね」

「ああん？　いったい何を訳の分からないことを――ぐあああぁぁ！」

僕は油断することなく、アランを縛った上で魔力を奪い取っておく。

純粋な剣の腕なら、ディアナには遠く及ばない。たとえアランが道中で逃げ出そうとしても、大した抵抗はできないだろう。

「イシュア殿。我らは貴公らの再訪を待っておるぞ！」

「こちらこそお祭り、とても楽しかったです！　近くに来ることがあれば、是非とも寄らせてくださいね！」

名残惜《なごりお》しそうなチェルシーに見送られ、僕たちはエルフの里を後にした。

＊＊＊

旅は順調に進み、僕たちは初心者の街『ノービッシュ』に帰り着く。

まず向かうのは冒険者ギルドへの報告だ。

「ただいま戻りました」

「イ、イシュアさん。よくぞご無事で！　エルフの里の周辺が大変なことになっていたようで、ほんとうに何とお詫《わ》びをすれば良いか」

「このとおり無事です。早速、クエストの報告をしたいのですが――」

僕を迎えた受付嬢は、やけに慌《あわ》てふためいていた。

なんでもモンスターの昇格という異常事態を受けて、エルフの里の周辺は立ち入り禁止になっていたらしい。とんでもない場所に行かせてしまったと、ギルドマスターが深く後悔していたそうだ。

まあ――大変な事態ではあった。

「リリアンさんたちも、ご無事で良かったです」

「イシュア様に助けてもらったの。と〜っても格好良かったの〜！」

リリアンは満面の笑みでそう答える。

「合流《ごうりゅう》できて良かったですね！　……じゃなくて、いったい何が!?」

困惑《こんわく》する受付嬢。

エルフの里の周辺で何が起きていたのか、僕は事の顚末《てんまつ》を説明した。

「しょ、瘴気《しょうき》が濃くなってモンスターが凶暴化していた？　その原因は、世界樹の機能低下で、エルフの里に着いた時には枯れかけていた!?」

「はい。でも、もう大丈夫だと思います。エルフの里の女王様――チェルシーさんも世界樹に生命力が戻ってきたと、仰《おっしゃ》っていましたから」

受付嬢は、あんぐりと口を開いた。

「リリアンさんですら手に負えなかったモンスターを討伐。さらには世界樹の蘇生ですって!?イシュアさん、あなたはいったい何者なんですか？」

「何者と言われても……。ただのマナポーターですよ。魔力がちょっぴり多いだけの」

何故《なぜ》だろう？　リリアンが、ぶんぶんと首を横に振っていた。

受付嬢も呆《あき》れた声で「マナポーターというジョブの定義を見直す必要がありますね」などと真顔で呟《つぶや》く。

「ひ、日頃のお礼のつもりで依頼した簡単なクエストのはずだったのに。ほんとうにイシュアさんには、何とお礼を言えば良いのか……」

「気にしないでください、一度乗りかかった船ですから。それでクエストは達成と考えても大丈夫ですか？」

「もちろんですよ！」

勢い良く受付嬢は頷《うなず》く。

「というか、それほどの成果を上げておいて、偵察依頼分の報酬しか要求しないんですね。イシュアさん、本当にどれだけ欲がないんですか……」

そんなことを言いながら、クエストに「済」のスタンプを押す受付嬢。

（これだけで金貨三〇枚！）

（ギルドマスターから回してもらった依頼だけあって美味《おい》しすぎる！　いいのかな、僕だけこんな美味しい思いをしても！）

そわそわと、僕は依頼達済のスタンプを見ていたが、

「も・ち・ろ・ん！　今回の件は、追加の報酬も用意します。今度こそ『特別恩賞』も受け取ってもらいますからね！」

「え、ええ？　そんなに良くしてもらっても、僕に返せるものは何もないですよ？」

どうしよう。このギルド、気前が良すぎて怖い。

金貨三〇枚だけでも震えそうなのに。

「いや、何で驚くんですか。これほどの功績を上げた方に何も報《むく》いないのでは、ギルドの沽券《こけん》に関わりますから！」

「そうなんですか？」

「当たり前です。イシュアさんは、自分がどれだけの偉業を成し遂《と》げたのかを少しは自覚した方がいいです！」

受付嬢の言葉に、リリアンとアリアがこくこくと頷いていた。

「……ところで。そちらにいるのは、勇者アランさんでしたっけ？」

話に一区切りつき、受付嬢は縛られているアランに目を向けた。逃げられないように、今もディアナが警戒している。

「そうだ！　国王陛下直々《じきじき》の依頼で、エルフの里の調査に向かって――」

「エクスカリバーで、世界樹にとどめを刺そうとしたんですよね」

意気揚々《ようよう》と話し始めたアランに、アリアが冷たい視線を向けた。しかしアランはまるで懲《こ》りた様子もなく、

「イシュアとアリアは、我が勇者パーティのメンバーだ。当然、その功績は俺のものだ！」

などと大声で怒鳴り散らす。

呆れてものも言えないとはこのことだ。

「先輩を勝手に追放しておいて！　あなたには、恥って感情がないんですか！」

アリアが我慢の限界だと叫んだ。

「世界樹にとどめを刺しかけた？」

「何を考えてるんだ！　エルフと戦争を起こすつもりか!?」

「そのうえ、イシュアさんたちの手柄《てがら》を横取りしようってのかい！」

アランのあまりにも身勝手な発言に、冒険者ギルドの中がざわめく。しかし顔を真っ赤にしたアランには、そんな罵声《ばせい》も耳に入らないようだった。

「ええっと。イシュアさんもアリアさんも、既《すで》に勇者パーティとしてのライセンスはギルドに返却しているようですが……」

「そんな馬鹿な話があるか!!」

認められるかとばかりにアランが熱《いき》り立っていたが、紛《まぎ》れもない事実である。収拾がつかなくなってきた頃。

「た、大変だ〜！」

突然、一人の男が冒険者ギルドに飛び込んできた。

そのまま一直線に受付に飛んできて、僕の方に向き直る。

「そんなに慌ててどうしたんですか？」

「はい。今回の件について、国王陛下が報告を聞きたいと仰《おつしや》られております。なんと迎えの馬車が、すぐそこまで来ているのです！」

「え、えええええ？」

（うそおおお！）

（そういえば、アランとパーティを組んでくれと頼まれた時も突然だったね……）

国王の要請とあれば、向かわないわけにはいかない。そうして僕たちは、急遽《きゆうきよ》国王陛下のもとに向かうことになった。

一八章

マナポーター、国王との謁見に臨む

国王陛下が直々《じきじき》に用意した馬車に揺られて、僕たちは城に到着した。

そのまま待ちかねたとばかりに、謁見《えっけん》の間《ま》に通される。

「イシュア殿。急に来てもらって申し訳ない」

ひざまずく僕たちに、国王陛下はそう声をかけた。

「楽にしてくれて構わない。此度《こたび》のことは、本当によくやってくれた！」

「ありがたきお言葉です」

僕は、エルフの里で何が起きていたのかを報告した。

国王はふむふむと興味深そうに聞いていたが、ヒゲを弄《いじ》りながら疑問を口にする。

「ところでアランは何をしておったのだ？　エルフの里の問題を見事に解決したのは、ほとんどイシュア殿とリリアン嬢の功績のように感じたが」

「僕はアランに追放されましたから。アランはずっと単独行動で――」

「い、今……、何と言った!?　イシュア殿を、追放だと？」

「ご、誤解だ！　おい、イシュア。いい加減なことを――」

「許可なく口を開くな！　今はイシュア殿から話を聞いておるのだ！」

慌《あわ》てて言い訳しようとするアラン。

しかし国王が一喝《いっかつ》すると怯《おび》えたように口を閉ざす。

「すべて事実です。魔力支援しかできない奴はいらないと言われて、僕は勇者パーティを追い出されました」

「信じられん……」

国王陛下は、頭を抱《かか》えて固まってしまった。

「イシュア殿を何のために付けたと思っているのか。アラン、おまえがそこまで愚かだとは思わなかったぞ」

「私からもよろしいでしょうか？」

「発言を許可しよう、聖女アリア」

次にアリアが口にしたのは、僕が追放された後の勇者の振る舞いだった。

なんでも僕が自分から出ていったと嘘をつき、パーティメンバーを騙《だま》そうとしたらしい。おまけに無謀にもAランクダンジョン攻略を強行しようとしたとのこと。

アランの行動が、次々と白日《はくじつ》のもとにさらされる。

「アラン、おまえにはエルフの里の調査を依頼したときに、イシュア殿と相談して向かうよう

に と命じたはずだが？」

「……おっしゃるとおりです」

「しかし、その時にはアリア嬢もイシュア殿もパーティにいなかったはずだ。よもや嘘をついたのか？」

「その点については申し訳ありません。しかし！」

「バカ者！　イシュア殿がいないなら、これほど重要な依頼を新人勇者に任せるものか!!」

ビリビリっと窓を震わせるほどの勢いで、国王が怒鳴る。

(国王陛下の怒りも、ごもっともだよ)

僕は淡々と、エルフの里で起きたことを説明していく。

「エルフの里でエクスカリバーを振るって、世界樹ユグドラシルに斬りつけた!?」

「はい。僕が駆けつけたときには、かなり危うい状態でした」

国王は怒りを通り越して、真っ青になっていた。あのまま世界樹が枯れていれば、多額の賠《ばい》償《しょう》金《きん》を求められるどころか、戦争の火種になってもおかしくない。

「幸いアリアやリリアンさんのお陰で、事なきを得ましたが」

「私はイシュアさんの言葉に従っただけなの。イシュアさんはエルフの里の救世主なの！」

リリアンが、ここぞとばかりに目を輝かせて力説した。

「それほど危機的状況を作り出していたとは。アランを勇者に任命したのは、早まったかもしれないな……」

「そ、そんな。まさか⁉」

「そのまさかだ。アラン、貴様から勇者の資格を剥奪《はくだつ》する！」

国王陛下が重々しく宣言した。

「待ってください‼　俺は勇者として、きちんとやっていけます！」

きちんとやっていけないことは、これまでの行動が証明していた。

今さら焦《あせ》っても、とっくに詰んでいる。

「そうだ、イシュア！　いや、イシュアさんとアリアさん。どうか俺のパーティに戻ってきて、一からやり直してはもらえないだろうか？」

なりふり構わぬとはこのことか。

あろうことかアランは、他人の目も気にせず僕とアリアに縋《すが》りついた。

「大丈夫ですよ。あなたが勇者に相応《ふさわ》しい人間なら、冒険者としてもすぐ成り上がれます」

往生際《おうじょうぎわ》の悪いアランを、アリアは実にいい笑顔で切り捨てた。

「そ、そんな。今さらゼロから冒険者としてなど――」

「何を勘違いしている？」

勇者資格の剥奪はかなりの厳罰ではある。しかし残念ながら、それだけで済むほどアランのやらかしは軽くはない。

「勇者アラン、おまえは決して越えてはいけない一線を越えた。よっておまえには、犯罪者の紋を刻む。己《おのれ》の行動をとくと反省するが良い」

国王はそう宣言する。

アランは、絶望に顔を青くした。

犯罪者の紋とは、麻薬の密輸など、人として許されない重大な罪を犯したものに刻まれる魔法による刻印のことだ。

決して消えることはない。

一生、後ろ指を差されて生きることになるだろう。

「そんな、陛下！　どうかご慈悲を！」

「連れていけ」

衛兵がやってきて、アランを連行する。

アランはなおも見苦しく何事かを叫んでいたが、もはやその言葉に耳を貸す者は誰もいなかった。

＊＊＊

「イシュア殿。我が国には、そなたに返しきれぬ恩義ができたようだな」

アランが連れていかれて、謁見の間に静寂《せいじゃく》が戻る。

国王は頭を深々と頭を下げて、しみじみとそんなことを言った。

「陛下。僕がエルフの里に行ったのはたまたまですし、僕は冒険者として当然のことをしただけです。どうか頭を上げてください」

エルフの女王様に、今度は国王陛下。

こうも偉い人に頭を下げられると、どうにも落ち着かない。

「イシュア殿には、アランのことで迷惑をかけてしまった。望みがあれば、何なりと口にしてくれ」

「そう言われても、既《すで》にギルドから報酬も受け取っていますし……」

頭の中で、チャリーンと金貨が三〇枚きらめいた。

さらには特別恩賞を渡したい、なんてことを受付嬢が言っていたのだ。これ以上、何を望めと言うのか。

「イシュア殿。そなたは貴族になる気はないだろうか？」

「き、貴族ですか？」

国王からの提案は予想外のもの。

「望むのなら領地も与えよう。金銀財宝を望むなら、それも良い。イシュア殿、そなたの活躍は、爵位《しゃくい》を与えるに十分すぎるほどの偉業なのだよ」

きっと誰もが喜ぶ提案なのだろう。

冒険者として名を上げて、いずれは爵位を授かって貴族となること。

(もちろん貴族には貴族なりの苦労があるだろうけど)

(安定した生活が夢だ！　って口にする冒険者は大勢いるもんね)

僕は、そんな未来を想像して――

「お気持ちだけ受け取らせてください。僕たちは、あくまで冒険者なんです。これからも冒険者として、上を目指したいんです」

気づけばそう答えていた。

貴族としての地位も、金貨の山も興味がないと言えば嘘になる。

でも、それだけでは面白くないのだ。冒険者として心躍《おど》る体験がしたい。何よりアリアが夢を叶《かな》えるための手伝いをしたいと、そう思ったのだ。

(国王陛下からの提案を断るなんて、失礼な奴と思われるかもしれないけど……)

「申し訳ありません、こんなワガママを言って」

「気にするでない。私は別にイシュア殿を困らせたいわけではないのだ。それにしても――そなたは生粋《きっすい》の冒険者なのだな」

国王は感服したように頷《うなず》くのだった。

「わ、私も国王陛下にお願いがあるの！」

「リ、リリアン？」

突然、口を開いたリリアン。

慌てて止めようとするディアナだったが、リリアンはやけに真剣な表情で国王に視線を送っていた。

「良い。四天王の一人を退《しりぞ》けておきながら、何も望まなかったリリアン嬢からのお願いか。私に叶えられることなら、何でも協力しよう」

国王がリリアンを見る目は、まるで孫でも見るように優しいものだった。

「そ、その……。イシュアさんには聞かせたくないの……」

小声で、ちらちらっと僕を見るリリアン。

（人前では話しづらい情報をやり取りするのかな？）

（勇者だもん。僕みたいな一般人には聞かせられない機密にも関わってるよね）

ちょっぴり寂《さび》しくなりながら、僕とアリアは謁見の間を後にした。

＊＊＊

王宮の用意した馬車の中。

「良かったんですか？」

「ん、何が？」

馬車にゆったりと揺られながら、アリアはこちらを覗《のぞ》き込んで尋《たず》ねてくる。

「報酬ですよ、報酬！　貴族の身分なんて願っても手に入らない人がほとんどじゃないですか」

「そうは言うけどさ。僕が貴族って、なんか似合わなくない？」

貴族になれば、社交界に参加することを余儀なくされるのだろう。

小うるさいマナーを、今さら習得するのも面倒だった。

貴族として振る舞う自分の姿が、まるで想像できなかったのだ。

「そうですか。私に気を遣《つか》ってのことなら――」

「それこそ余計な気遣いだよ。アリアとの旅ほど楽しいことなんて他にないからね」

本心からの言葉だ。その言葉を聞いて、アリアはホッとしたように微笑んだ。

（アリアは優しいね）

（自分のせいで僕が冒険者を続けることにしたのかも、なんて気にしてるのか……）

気持ちはよく分かる。僕だって、アランに追放された時にアリアが追いかけてきて、巻き込んでしまったかと申し訳なく思ったものだ。

「改めて！　これからもよろしくお願いしますね、先輩！」

「うん、こちらこそよろしくね！」

何度目かのやり取り。それでもアリアは、ニコニコと上機嫌な笑みを浮かべていた。

そう――僕たちは、まだまだ新米の冒険者だ。

これからも旅は続いていく。

◆◇◆◇◆

《リリアン&ディアナ視点》

一方、そのころ。

「陛下、どうかイシュアさんを私にください！」

謁見の間では、リリアンがソワソワとそんなことを言いだした。

「ん……？　なんだって？」

「陛下、どうかイシュアさんを私にください！」

うきうきとリリアンは国王陛下の顔を見る。

シーン、と沈黙が訪れる。

「そ、それはどういうことだね？」

「イシュアさんが欲しいんです！」

新進気鋭の勇者リリアンの望んだもの――それは一人の少年だった。

さっきまで一緒にいたのに、何を言っているのだろう？　と国王は首を傾《かし》げる。

「ええっと？　リリアン嬢とイシュア殿は、パーティを組んでいるわけではないのかい？」

「イシュアさんとは、たまたま同じ地域のクエストを受けただけ。その場限りのパーティだったの。次こそは正式なパーティを組みたいの！」

グッと手を握って力説するリリアン。

あれだけのチャンスがあったのに、リリアンはついぞ「一緒にパーティを組みたい！」と口にすることはできなかったのだ。

リリアンは深～く後悔して、思い立ったのだ。

国王陛下に〝お願い〟をすればいいと！

「あー、そのリリアン……」

しかしディアナは、それを良しとはしなかった。たしかに国王の命令とあらば、リリアンの願いは叶えられよう。しかしイシュアからどう思われるだろうか？　イシュアは優しいから否《いな》とは言わないだろうけれど、あまり良くない未来を招く気がした。

「国王陛下じゃなくて、本人にお願いしよう。な？」

ディアナが諭《さと》すように言う。

「う～。でも……」

「たしかに国王陛下から命じられたら、イシュアさんは勇者パーティに入ってくれるだろうさ。

だけど――本当にそれでいいのか？」

「な、何が言いたいの？」

「パーティなんて、強制的に組まされるもんじゃないだろう。アリアとイシュアさんの信頼関係――傍《はた》から見てても分かっただろう」

リリアンはこくりと頷く。

アリアが魔法を発動する際、イシュアはアイコンタクトだけで魔力を供給していた。長年連れ添ったパートナーのような独特の空気を醸《かも》し出していたのだ。

「国王陛下の口添えで強制的にパーティを組まされたとして。アランと同じように思われてしまうかもな？」

「それは……。嫌なの」

アランが初めて役に立った瞬間である。……強烈な反面教師として。

実際のところ、イシュアは嫌な顔もせず力を貸してくれるだろう。それでもディアナは、そっとリリアンの背中を押した。

「せっかく同じクエストを通じて、仲良くなったんだ」

「ほんとうに？　私、イシュアさんと仲良くなれてる？」

「うん。だからどうするべきか。分かるよな？」

「うん。ちゃんと自分で、イシュアさんを誘うの！」

そうして、リリアンは決意した。国王陛下に頼るまでもなく、その願いはようやく叶えられようとしていた。

「あの、リリアン嬢さんや？　ほかに、私にお願いしたいことはないのかい？」

「うん、何もないの！」

……国王は泣いていい。

一九章　マナポーター、果たし状のようなものを受け取る

エルフの里から戻ってきた僕とアリアは、以前と変わらぬ日々を送っていた。

誰も目もくれないハズレ依頼を適当に引き受け、サックリ解決して回っている。変わったことと言えば、

「イシュア様！　どうかサインをください!!」

街を歩いているときに、そんなお願いをされるようになったことだろうか。

「え？　なんだって僕なんかの？」

「同じ冒険者として、すっごく尊敬しています。一生の宝物にします！」

国王により発令されたエルフの里への立ち入りを禁止するお触れ。

そのキッカケとなった異変をアッサリと解決した超人――どうやら僕は、街の人たちからはそのような評価を受けているらしい。まるっきりデマというわけではないけど、居心地が悪くて仕方なかった。

「先輩。大人気ですね」

「そうなのかな？　サインなんて生まれてこのかた、書いたこともなかったよ。アリアは聖女として、サインの練習もしてるんだよね？」

「そうですね、教会の象徴となるための教育も受けましたから。実際にするのは、断固拒否しましたけど」

基本的には引っ込み思案なアリアである。

見知らぬ人の前に積極的に出る必要がある仕事なんて冗談ではない、と引きつった笑みを浮かべてたっけ。

「う〜ん。サインのコツとかある？」

「それこそクエストでデザインを依頼するとか。……下手《へた》すると希望者が殺到しそうですね」

「アリアはときどき面白い冗談を言うね」

誰も好きこのんで、新米冒険者のサインなんてデザインしたがらないだろう。


喋りながらも僕たちは、テキパキと依頼をこなしていった。

今の僕たちはハズレ依頼のスペシャリストと言ってもいい。

「このクエストも終わりですね。なんでしょうね？　せっかくBランクになったのに、やってることは前と変わりませんね」

「平和が一番だよ。無理に難しいクエストを受ける必要はないよ」

僕たちはBランクに昇格していた。

これは新人冒険者の昇格速度としては異例のことである。世界樹を蘇生した功績を称《たた》えて、ほんとうにギルドから特別恩賞が贈られたのだ。

「それもそうですね。失敗したら里が滅びるなんてプレッシャー、二度とごめんです」

「違いない」

そう言って互いに苦笑する。

今となってはいい思い出だった。

「一度、リリアンさんたちも呼んで、打ち上げとかしたいね」

「いいですね！　パ～っと飲みましょう！」

「アリアはお酒禁止ね、リリアンさんも」

思い出すのはエルフの里のお祭りの惨状。

あの悲劇は繰り返してはならない。

＊＊＊

そんなことを話しながらのギルドへの帰り道。

見知らぬ冒険者が、いきなり僕たちに話しかけてきた。

「イシュアさん、お届けものです。中身は見るなというお達しなので、自分がいなくなってから確認してもらえれば――」

「分かりました。ありがとうございます」

僕は差し出されたものを受け取り、しげしげと眺めてしまう。

女の子が好みそうな可愛らしい装飾の付いた封筒。

「先輩先輩！　何ですかそれ？」

「さ、さあ……」

なぜだろう、アリアの視線がとっても怖い。

やがて冒険者が立ち去ったのを確認し、僕は封を切って中身を確認する。

「先輩！　なんて書いてありましたか？」

「ええっと……

『イシュア殿。明日夜、二十二の刻にカクリコの湖にて待つ。武器を手にして参られよ』

……う～ん？」

「こ、これは。果たし状ですかね？」

封筒のデザインに見合わぬ物騒な中身。

カクリコの湖は、冒険者同士の集合地点によく使われる場所だ。ここから歩いて一時間もかからないけれど……、

（う〜ん。果たし状、なのかな？）

（文面的にはそうなんだけど、なんか違和感あるんだよね）

正直なところ、心当たりはないでもない。僕たちは、異例の速度でBランク冒険者になった。そのことを快《こころよ》く思わない者も少なくないだろう。

「行くんですか？」

「闇討ちされるよりはマシだからね」

相手が分からなければ、対処のしようもない。

そうして僕たちは、謎の手紙に呼び出され、カクリコの湖に向かうのだった。

◆◇◆◇◆

《リリアン＆ディアナ視点》

一方、そのころ。

「ふんふん、ふ〜ん♪」

リリアンはものすごく上機嫌に鼻歌を口ずさんでいた。

今現在リリアンとディアナがいるのはカクリコの湖——イシュアが謎の手紙に呼び出されて向かうことになった例の場所である。

というか手紙を出したのは、リリアンその人であった。

「上機嫌だな、リリアン」

「明日はイシュアさんと待ち合わせ～。ついにパーティ結成なの！」

リリアンは笑みを抑えきれない。

「イシュアさんなら、いつも食堂で食べてるだろう。そこで誘えばいいのに」

「ちっちっち、ディアナはな～んも分かってないの。パーティ申請するなら、誠意がなにより大切なの！　まずは書状で会う約束を取りつけるの！」

「そ、そういうものなのかなあ……」

そこはかとなく嫌な予感がしたディアナは、そっとリリアンに確認する。

「ところで、その手紙には何を書いたんだ……？」

「『明日夜、一二一の刻にカクリコの湖にて待つ。武器を手にして参られよ――』完璧なパーティ申請のお誘いなの！」

「リリアン。それじゃあまるで、決闘の申し込みだよ」

脱力するディアナ。

ディアナは「う～む……」と悩み、

（ま、イシュアさんなら察してくれるだろう！）

――そのままイシュアに丸投げしてしまった！

二〇章　マナポーター、リリアンのパーティに入る

翌日の夜。

僕とアリアは、指定された待ち合わせ場所に向かっていた。

「先輩に喧嘩を売ろうなんて。いったい誰なんでしょうね？」

「送り主を特定するのは無理そうだよね……」

僕は首を傾《かし》げる。

「考えても分からないことは、気にしないのが一番か。行けば分かることだよ」

「先輩なら何が起きても、どうにかしてしまいますもんね」

アリアが苦笑する。そうして僕たちは歩き続け、

「着いたね」

「気をつけてくださいね、先輩」

夜も遅く、辺りは真っ暗。

そうして僕たちは、待ち合わせ場所に到着した。

＊＊＊

そうしてカクリコの湖で僕たちを迎えたのは、

「イシュアさん！」

パァッと笑顔になり、こちらに駆け寄ってくるのはリリアンだった。

「どうしてここにリリアンさんが？」

僕の中で、警戒心が跳ね上がった。

（敵の真の狙いは、リリアンさんってこと？）

（僕だけでなく、リリアンさんまで同時に相手にできる自信があるのか……）

「リリアンさんも、手紙で呼び出されてここに来たの？」

僕は状況を把握するべく、リリアンに尋《たず》ねる。

「え、違うよ？　だって私が手紙を――」

「手紙の差出人の狙いは何だろうね。僕とリリアンさんを相手に、決闘の申し込みか。相当、腕に覚えがあるんだろうね」

「て、手紙の差出人の狙い。決闘の申し込み？」

ガーンとショックを受けた様子で、リリアンは目を見開いた。

「リリアン……。だから言ったじゃないか」

ううう、と何故《なぜ》か落ち込むリリアン。

そんな彼女を、よしよし、とディアナが慰《なぐさ》める。

「ごめんなさい。その手紙、私が出したものなの……」

「ええ!? じゃあリリアンさんが果たし状を?」

「誤解なの……」

先ほどまでの満面の笑みが嘘のよう。迷惑をかけてしまった、とリリアンはしょんぼりしていた。

「ほらな、リリアン。あの文面じゃ、誰でも決闘を申し込まれたと思うよ。申し訳ない、イシュアさん。リリアンに悪気はなかったんだよ」

「うう……。あのマナー本、帰ったら焼き払ってやるの～」

貴族のマナー本を参考に、僕たちをここに呼ぶための手紙を送った。例の果たし状のようなものを。……どうやら、そういうことらしかった。

「リリアンさん、どうしてそんな手の込んだことを?」

「イシュアさんにお願いがあるの！」

リリアンはキッと気合いを入れ直し、僕を見据えた。

「は、はい」

「イシュアさん、アリアさん！　是非、私たちのパーティに入ってください！」

深々と頭を下げるリリアン。顔を真っ赤にして、思いきって口にした。

まるで一世一代の告白のようだった。

「リリアンさんほどの勇者なら、優秀なメンバーを選びたい放題じゃないの？　それなのに、僕でいいの？」

「ひゃいっ！　どうか私と、パーティを組んでくだしゃ――」

噛んだ。リリアンはもはや涙目で、ううぅと唸《うな》っていた。

「アリア、どう思う？」

「リリアンさんは、とても立派な勇者です。私は賛成です」

リリアンが立派な勇者であることは、もはや疑いようがない。

僕としても否定する理由はなかった。

「なら、決まりだね。リリアンさん、僕たちで良ければ是非ともお願いします」

僕は手を差し出した。リリアンは、まじまじとその手を見ていた。それからパァっと笑顔になると、しっかりと僕の手を握り締める。

「えへへ、やっと。やっとなの！」

「良かったな、リリアン」

固い握手は互いを尊重する証明。ついに新たな勇者パーティが結成された瞬間であった。

（アランが相手の時は、こんなやり取りもなかったな）

（開口一番「足を引っ張るなよ！」って宣戦布告されたっけ……）

ふと蘇《よみがえ》る過去に、遠い目になる。そんな過去だって、今では笑い話だ。

＊＊＊

「ついにやったな、リリアン。ようやく、ようやくだな！」

「うん！　夢でも見てるみたいなの」

頷《うなず》き合うリリアンとディアナ。

（そういえば、ひとつだけ聞いてみたいことがあったな）

「リリアンさん。そういえば、国王陛下には何をお願いしたの？」

「ええっと。それは──ナイショなの」

恥ずかしそうにうつむくリリアン。

（重要なことだから、詮索《せんさく》するなってことかな）

（同じ勇者パーティだからって、何でも明かせるってわけじゃない。当然だよね）

少しだけ寂《さび》しく思いつつ僕は納得する。

僕を見たディアナは、何を思ったのかこんなことを言いだした。

「なんとリリアンがお願いしたのは、イシュアさんとパーティを組むことだったんよ！　でも最終的には、こうして自分で――」

「ちょっ、ディ～ア～ナ～!?」

リリアンは涙目で、ディアナに何事か訴えかけた。

ほんとうに表情がコロコロ変わって、面白い女の子だ。

(国王陛下に直接頼みを伝えるチャンスを、そんなことに使うわけがないじゃないか)

(ディアナさんも面白い冗談を言う人だな～)

じゃれ合うリリアンとディアナを、僕は優しく見守った。

これからはもっと楽しい日々が始まる。

そんな漠然《ばくぜん》とした予感。

「早速だけどさ。エルフの里のクエストの打ち上げとか今からどうかな」

「イシュアさんのお誘い、もちろん行くの！」

にこにことリリアンが駆け寄ってくる。

――そうして、僕たちは勇者リリアンとパーティを結成することになったのだ。

二一章　元パーティメンバー、ようやくイシュアと合流する

《元勇者パーティメンバー視点》

時は大きく遡《さかのぼ》る。

勇者アランと別れた魔導剣士《ミーティア》の少女と大賢者《リディル》は、イシュアを追いかけてノービッシュに向かっていた。

しかしその途中で、いかにも立派な馬車が盗賊の集団に襲われているところに遭遇してしまう。

「ここで見捨てたら、ウチらはイシュア様に顔向けできないッスね」

「私もそう思う。イシュア様なら間違いなく助ける」

二人が思い浮かべたのは、尊敬してやまないマナポーターの顔。

到底、放っておくことなどできなかった。

「相手は素人《しろうと》みたいなもんッスね。新たな戦法を試す相手には、ちょうどいいッス」

「うん。魔力もばっちり回復した。暴れたい気分！」

散々、アランの無茶に付き合わされた後である。

二人は、ちょっぴりイライラしていたのだ。

「ほげえぇぇぇぇ」

「助けてくれぇぇ」

二人はそのストレスを発散するように暴れまわった。

それこそ鬼神のごとき強さを発揮し――盗賊団は恐れおののいて逃げ帰ったと言う。

＊＊＊

翌日。

「解《げ》せぬ……」

ぽつりと呟《つぶや》くリディル。

何故か二人は、装飾を凝《こ》らしたやたらと豪華な椅子に座ってため息をついていた。

目の前には豪勢すぎる食事が並べられている。

「お気に召しませんでしたか？」

「そんなことはないッス。とても美味《おい》しいッスよ！」

「それは良かったです。あなたたちは娘の命の恩人です。どうかゆっくりしていってください！」

　二人が助けた馬車は、病気で苦しむ領主の娘を助けるために、薬を運搬中だったらしい。ついつそこからの護衛を引き受けてしまった二人は、領主からお礼がしたいと熱い要望を受けて、その館に招待されたのだった。

「どうしてこうなるッスか!?」

「みー。あの勢いで頼まれたら断れない……」

「ウチらは早く、ノービッシュに向かわないとなのに！」

　なまじ一〇〇パーセント厚意からの申し出なだけに断りづらい。

「いっそ住み込みで我が領地で働きませんか。腕利《うでき》きの護衛が欲しいと思っていたところです」

「ずっと傍《そば》で見ていて、あなたたちのことは信用できると確信しました。月に三枚金貨を渡してもいい――是非とも考えてもらえないでしょうか」

　貴族の護衛として、住み込みでの仕事。

　ただの冒険者にとっては、考えられないほどの厚待遇だろう。

「みー、ありがたい申し出だけど……」

「ウチらはしがない冒険者ッス。貴族に雇われるのは性《しょう》に合わないッスよ」

　それでも、二人はイシュアを追いかけることを選ぶ。

「それは残念です。気が向いたら、いつでも我が領に遊びに来てください。いつでも歓迎しますよ」

領主たちから総出で見送られるミーティアとリディル。こうした偶然から生まれる縁も、また冒険者の醍醐味《だいごみ》の一つである。

領主の館に一週間近く滞在した二人は、今度こそノービッシュに向けて出発した。

＊＊＊

「……解せぬ」

「どうしたッスか、リディル？」

二人がようやく、ノービッシュに到着したとき。

既《すで》にイシュアはノービッシュにいなかった。

「みー。さすがはイシュア様！」

「すごすぎるッス！　横柄《おうへい》に振る舞う冒険者を決闘で返り討ち。受けるクエストは、引き受け手がいない放置されたもの――報酬よりも人の役に立つことを選んでるッスね。ほんとうに冒険者の鑑《かがみ》みたいッス！」

街中でイシュアの活躍が耳に入ってきた。そのどれもがイシュアを称《たた》えるものばかり。

この町にイシュアがつい最近までいたことは、間違いなさそうだ。

しかしどうやら入れ違いで、エルフの里へと旅立ってしまったようなのだ。ならばすぐにでも追いかけようと意気込んだ二人なのだが、

「うみゅう。国王のお触れで立ち入り禁止？」

「え、イシュア様。大丈夫ッスか？」

エルフの里の周辺で異常事態が発生。

一般人の立ち入りが、禁止されてしまったのだ。

「みー。これじゃ、イシュア様を追いかけることもできない」

落ち込むリディルだったが、

「それなら、イシュア様に並び立てるように今のうちに冒険者ランクを上げるッスよ！」

すぐに立ち直り、そう宣言。

リディルも「お～！」と、すっとぼけた掛け声をあげる。

「難しいクエスト、いっぱい受ける。少しでもイシュア様に近づくために」

「そうと決まれば――ハズレ依頼を優先的に受けるッスよ。イシュア様の示してくれた道を追いかけるッス！」

別にそんな道は示していないのだが……。

「みー、賛成！　そうと決まれば早速、クエスト受けてくる」

二人はやる気に満ち溢《あふ》れていた。

……ハズレ依頼のスペシャリストが、もう一組生まれた瞬間である。

モンスターの討伐、素材採集、成長の糧《かて》になりそうなことは何でもやった。

イシュアに相応《ふさわ》しい冒険者になりたい一心で、どんな難クエストをも瞬殺していった。

──だからそれは、ほんの計算違い。

──二人はちょっとだけ、熱心になり過ぎたのだ。

＊＊＊

「解せぬ……」

「リディル、どうしたッスか?」

呟《つぶや》いたリディルに、ミーティアはきょとんと尋《たず》ねる。

「みー。当初の目的を忘れたの?」

「当初の目的──あ！　イシュア様、どこッスか!?」

「ミーティア遅い。イシュア様は、もうノービッシュに帰ってる」

二人はノービッシュから遠く離れた辺境の地に来ていた。

「すぐに戻るッス。……この採集クエストが終わったら」

「あと――一五五個？　みー、まだまだかかる。凛月草《りんげつそう》も必要」

「さすがのハズレ依頼っぷりッスね……」

危険なモンスターも現れる地での採集クエスト。

報酬は別として、確実に冒険者としての経験は積める代物《しろもの》であった。


そして数日後。

「これでおわりッス！」

「みー、ようやく。久々にイシュア様から魔力を貰《もら》える。楽しみ！」

二人はワクワクと、ノービッシュに戻るのだった。

＊＊＊

――そうして
「「イシュア様!!」」
ミーティアとリディルは、ついにイシュアを発見する。
彼がいたのは、ノービッシュのギルドが併設する食堂。いつの間に合流したのか、聖女のアリアも一緒であった。

「ど、どうしてアリアが一緒に?」

「なんですか～♪　あ、お久しぶりです、ミーティアさんとリディルさん～！」

「あの……。アリア、さん?」

「はい～♪」

ミーティアもリディルも、目を丸くした。

パーティでは誰よりも冷静沈着で、頼れる聖女だったアリア。そんな彼女が上機嫌に鼻歌まじりに、ジュースでも飲むように果実酒を一気飲みしていた。

「アリア、酔ってる?」

引きつった顔でリディルが尋ねると、

「なに言ってるんですか～?　アルコールなんてヒーリングで一発ですよ。聖女は無敵なんですよ～♪」

「アリア～！　久々に会ったパーティメンバーに、面倒くさい絡《から》みしないで!?」

「打ち上げで堅いことは言いっこなしです！　ミーティアもリディルも、交ざりたいって顔してますよ?　♪」

ふるふると二人は首を振った。

……正直、出直したい。

＊＊＊

酔っぱらいは、アリアだけではない
「うわ～ん！　マナ―本のせいでイシュアさんに嫌われた～。あんな本、二度と信じないの！」

「でもリリアン良かったな～！　こうしてイシュアさんとパーティを組める日が来て！　ず～っと追いかけてたもんな。ほんとうに良かったな!!」

「うわ～ん、ディアナのばか～！　それは内緒だって言ってたのに～」

イシュアの正面にも、酔っ払いが二人いた。

小動物のように愛らしい少女と、剣を手にした凛とした女性なのだが――二人とも完全に出来上がっていた。

冒険者同士の打ち上げでは、珍しい光景でもない。

珍しい光景でもないが、ちょっと近寄りたくない感じだ。

「ミーティア、リディル。元パーティメンバーを助けると思って、どうかこの窮地を脱するために、力を貸して！」

両手を合わせて頼み込まれる。

……正直、出直したい。

とっても、とっても出直したい。

それでも敬愛するイシュアにここまで頼まれたのだ。

二人に否《いな》と答えることはできなかった。

――それは実にどたばたとした再会の一幕であった。

＊＊＊

《イシュア視点》

どうして、こんなことになったのだろう。目の前の惨状を前に、僕は頭を抱《かか》えていた。

同じテーブルには、酔っぱらいが三人。

(店員さん!?)

(いくら打ち上げだからって、気を遣《つか》ってお酒なんて持ってこなくて良かったんだよ!?)

おかしい。僕とアリアは、謎の果たし状に呼び出されて向かったカクリコの湖で、リリアンさんと新たにパーティを組むことになって、パーティ結成祝いと打ち上げを兼ねて楽しく思い出話に花を咲かせるはずだったのだ。

途中までは順調だったのだ。

雲行きが怪《あや》しくなってきたのは、店員さんが「今日はうちのおごりだよ！」とか言いながらなにか危険な感じのする飲み物を持ってきたあたりからだろうか。

……そして気がついた時には、手遅れだった。

リリアンとアリアは笑顔で、届いた飲み物をごくごくと飲み干し、

「先輩、先輩！　このジュース美味しいですよ？」

「アリア、それお酒～！」

「うわ～ん！　またやらかしたの～」

「リリアン～!?　誰だ、ウーロンハイなんて持ってきたの!?」

一瞬で酔っぱらいが二人、出来上がってしまった。

それだけではない。

「良かったなあ、リリアン！　ほんとうに、ほんとうに、どうなることかと！」

ディアナが、ひどく上機嫌にリリアンの背中をバシバシ叩く。

頼みの綱《つな》のディアナまでもがお酒を口にしてしまい（まさかディアナまで酒に弱いと思わず、特に止めなかったのだ）テーブルに、さらなる混沌《こんとん》が訪れた。

（どうすんのこれ!?）

収拾がつかない。僕は遠い目で、水を口に運び続けていた。

——そんなときだった。

「「イシュア様!!」」

元パーティーメンバーが、偶然にも食堂を訪れたのは。


まるで救世主のように感じられた。

(情けないにも程があるけど、あとで必ずお礼はするから!)

「ミーティア、リディル! 元パーティメンバーを助けると思って! どうかこの窮地を脱するために、力を貸して!」

困惑《こんわく》に目を丸くする二人。

それでも久々の再会にもかかわらず、二人は嫌な顔せず引き受けてくれたのだ。

きっと二人は、まさしく天使のような心を持っているのだろう。

「すぴぃ、すぴぃ」

「うっぷ、気持ち悪い——」

「えへへ、先輩が二人います~♪」

彼女らの力を借りて、僕たちはどうにか無事に宿に戻るのだった。

二二章　新生・勇者パーティ結成

宿に戻り、酔っぱらいを寝かしつける。

「是非とも私たちを、イシュア様のパーティーに入れてください!!」

ようやく落ち着いた頃、僕はミーティアとリディルにそんなことを頼まれていた。

「魔導剣士に賢者だよ？　二人なら、どんなパーティからでもお呼びがかかるよ。それなのに、どうして僕と？」

「イシュア様は、勇者パーティーで実質的なリーダーでしたッス。確信したッスよ、イシュア様は、やがて歴史に名を残す人になるって」

自信満々に言いきるミーティア。

「うみゅう。イシュア様のマナは、ぽかぽかして気持ちいい」

リディルはそう言って、ふにゃりと表情を緩《ゆる》める。

（リリアンに続いて、この二人も）

（最近、どうにも僕のことを過大評価する人が多いような……）

「そう言われても、このパーティのリーダーは僕じゃない。ついさっき結成したんだけど、リーダーはあくまでリリアンだからね」

「え？　リリアンって、イフリータを倒した勇者リリアン？」

「うん、勇者のリリアンさん。エルフの里の異変を解決したときに、ちょっとした縁があってさ」

当然、二人はリリアンのことを知っていた。

四天王を一度退《しりぞ》けたリリアンは、勇者の中でも有名なのだ。

「え、は？　ユグドラシルを蘇生？」

「アカン、イシュア様がどんどん先に行ってしまうッス！」

二人は口をあんぐりと開けた。

「ウチらでは、実力不足ッスね」

「そんなことないよ。あのパーティでは、何度助けられたことか」

寂《さび》しそうに言う二人に、僕は慌《あわ》てて声をかける。

アランの無茶にどうにか対応できたのは、二人の協力も大きかった。

「二人がいるなら心強いよ。リリアンさんが起きたら、是非ともって頼んでみるよ」

新たに結成された勇者パーティ。

この二人は、間違いなく心強い味方になるはずだ。

「二人ともクエスト終わったばかりなんだよね？　こんな時間までごめんね」

「他ならぬイシュア様のためッス！　駆けつけられて良かったッスよ」

「みー、気にしない。……でもアリアには、きちんと釘を刺しとく」

そんなありがたいことを言う二人。アリアを介抱したリディルは、恨めしそうにそんなことを口にした。

（二人とも冒険者として元気にやってるみたい）

（ほんとうに良かった！）

変わらぬ様子に安心した。

二人が別室に向かうのを見送り、僕もそのまま眠りに落ちるのだった。

＊＊＊

「ふえ？　この二人をパーティメンバーに？」

「うん。元いたパーティのメンバーなんだ。実力は僕が――」

「イシュアさんが言うなら間違いない。是非ともお願いするの！」

（そんなアッサリ決めていいの!?）

説得するための材料を、一晩かけて考えたのは何だったのか。

そう思うほどの即決で、リリアンは二人のパーティ入りを認めるのだった。

「良かった。ミーティアもリディルも、改めてよろしく。リリアンさんの判断に感謝！」

「う～」

そこで、もじもじと何かを言いたそうなリリアン。

（なんだろう）

（やっぱり不満はあるのかな？）

「リリアンさん、パーティは最初が肝心だよ。言いたいことは、はっきりと言うべきだよ」

「なら！」

リリアンは意を決したようにこちらを向き、

「呼び捨てにしてほしいの！　ミーティアとリディル、アリアも。みんなずるいの！」

恥ずかしそうに、そんなことを小声で言う。

「え、いいの？」

「もちろんなの！」

そんなにワクワクした顔でお願いされたら、断るなんて選択肢は存在しなかった。

「改めてよろしく、リリアン！　僕のことも、呼び捨てでいいよ？」

「ひゃいっ！　イシュアさん！　……イシュアさん。――――イシュア？」

上目遣《うわめづか》いでリリアン。

（そ、そんな恥ずかしそうに、何度も呼ばないで？）

（なんか僕まで、恥ずかしくなってきちゃうから!?）

「イシュアさん、もし良かったら後で新しい武器を一緒に――」

（しかも「さん」付けに戻っちゃった!?）

僕とリリアンは、そんな他愛のないやり取りをしていた。

一方、そんな様子をディアナが後ろから生温かい目で見守っていた。

「先輩先輩！　さっそく今日の依頼を受けに行きましょう？」

どうしたのだろう。

何故かアリアが、僕の腕をむんずと掴む。

そうして返事も待たずに、スタスタと歩き出すではないか。

「ま、待つの～！　今日はイシュアさんと、買い物に行く予定だったの！」

「え、初耳だよ？」

「そんな抜け駆け、許しません！　――じゃなくて、パーティ組んだばかりなんです。連携を取る練習をするのも大切です！」

そんなやり取りとともに、僕たちはクエストを受けに冒険者ギルドに向かうのだった。

エピローグ

ここは魔界に存在する魔王城の作戦室。

どのようにして人間界に攻め込むか、魔王と四天王が作戦を練っていた。

「がっはっは！　回りくどいやり方など不要。やはり正々堂々、正面からパワーで押し切るのが手っ取り早い」

そう主張するのは、魔王直属の四天王の一人、イフリータ。

厳《いか》つい体軀を持つ炎巨人モンスターである。

「そうはおっしゃいますけど——あなた、勇者にボッコボコにされて、命からがら逃げ帰ってきたじゃないですか？」

「あれは負けたわけではない！　ちょっと油断しただけだ!!」

そうイフリータを煽《あお》るのは、同じく四天王の一員であるウンディネだった。

水でできたゼリー状の体を持つ、妖艶《ようえん》な美女に擬《ぎ》したモンスターである。

イフリータが中心となり、人間の村を襲撃したことがあった。

楽勝だと思われた作戦だったが、たまたまその村に勇者が居合わせたのだ。

たった一人の勇者にイフリータは惨敗し、多くの犠牲を出しつつ逃げ帰っている。

「これだから脳まで筋肉でできたバカは嫌なんです。少しは頭を使ってくださいな？」

「そういう貴様の作戦も、大失敗だったではないか！」

吠えるようにイフリータが応戦した。

ウンディネは、鼻白んだように黙り込む。ウンディネが立てた作戦はシンプルだった。
・まずは世界樹に過剰《かじょう》な瘴気《しょうき》を送り、弱らせる。
・弱ってきたら、瘴気を人間にバレないようジワリジワリと拡大していく。
・エルフの里を一気に攻め滅ぼし、今後の侵略の足掛かりにする。
――そんな作戦だったのだが……。

「イシュアって言うんだっけ？　なに、あのバケモノ……、ちょっとチートすぎない？」

「予想外すぎましたね。せっかくの作戦が、一瞬でパーになりました」

シルフの愚痴に、ウンディネも真顔で頷《うなず》く。

シルフは、小さな体でぱたぱたと飛び回る妖精型モンスターの四天王だ。今回の作戦では、瘴気を発生させる役割を負っていた。ウンディネと同じく策謀を好むモンスターであり、イフリータとは真逆のタイプと言えた。

「ボクの自信作――もう少しで憎々しいリリアンも倒せそうだったのに」

悔しそうに言ったのは、土を司《つかさど》る四天王のノーム。

彼はモンスターの改良を専門にしており、その腕一本で四天王という地位まで上り詰めたのだ。リリアンのクエストで討伐対象だったオーガキング亜種を生み出したのもノームだった。

ダメ押しとばかりに、瘴気をたっぷりと吸わせていた。

これなら四天王にすら引けを取らない強さだと、満足していたのに――

「なんで当たり前のように、瘴気を中和してくるんだあいつ!?」

「それ以前に、勇者リリアンの『幻想世界』にあっさりと入り込めたのがおかしいでしょ？　私ですら風を操って中の様子を探るのが精一杯だよ？」

「『幻想世界』のマナ消費を、モノともしないんですよね。ちょっと意味が分からないです」

ウンディネとシルフの作戦は、ある人間の登場によりぶち壊されてしまった。

「ウンディネ、それは本当なのか？」

魔王が一番気になったのは、そこだった。

人間の魔力で、世界樹を侵《おか》す瘴気を払うなど普通なら不可能だ。

「本当です。あのマナ保有量はまさしく規格外――マナのコントロールも合わせれば、正真正銘のバケモノですよ」

「ふむ。ウンディネが、そこまで言うか――とんでもない人間が現れたようだな」

魔王城には重々しい空気が漂う。

イシュアが魔王たちに与えたインパクトは、それほどに大きかったのだ。絶対に成功すると思っていた作戦を、たった一人の人間に覆《くつがえ》されたのだ。

その沈黙を破ったのは、イフリータであった。

「やっぱり小細工は抜きだ!!　魔王軍たるもの、下手《へた》な策は弄《ろう》さずパワーで押し切るしかない!!」

彼の主張は何ひとつとして変わらない。

何よりもシンプルな力と力のぶつかり合いを好むのが、イフリータというモンスターなのだ。

「ふむ。良いだろう――」

「ちょ、魔王様？　正気ですか!?」

魔王が頷くと、ウンディネはギョッとしたように魔王を見る。

「もちろん戦力強化は必須だ。イレギュラーがあったとしても、やはり最大の敵は勇者だ。勇者を相手にするなら――こちらも勇者に力を借りれば良い」

「でも勇者というのは、魔王様に歯向かうからこそ勇者なのですよね？　私たちに力を貸す者なんていないでしょう」

「ふっふっふ。それはどうかな？」

『アビス・フィールド！』

魔王は魔法を発動する。

そうすると魔王たちの前に、とある映像が映し出される。

「世界樹にとどめを刺しかけた勇者じゃないですか!?」

驚くウンディネの言葉に応《こた》えるように、映し出された映像から声が流れ出した。


――――――


『くそっ。この刻印のせいで、ろくなクエストを受けられやしねえ！』

『どうして俺がこんな目に遭《あ》わないといけないんだっ！』

新人冒険者、それも『犯罪者の紋』が刻まれた重犯罪人。

信頼度はゼロどころかマイナス。まともな依頼も受けられず、誰も引き受ける者がいなかったクエストをこなし、その日暮らしの生活を送っていた。

『俺がこうなったのは、すべてイシュアの野郎のせいだ!!』

『あいつさえいなければ、俺は今ごろ華々しく活躍していたはずだ!!』

元勇者は反省するどころか、イシュアを逆恨みしていた。

＊＊＊

「どうだ？　こんなのでも勇者は勇者。勧誘できそうだとは思わないか？」

「がっはっは、俺はリリアンと再戦できるなら何でも構わないぜ？　勇者だろうが何だろうが、借りれる力は借りればいい！」

イフリータは豪快に笑い飛ばした。

「でも、こんな奴を味方に引き入れたところで……」

「勇者は勇者だろう？　我らが力を貸せば良い。十分、他の勇者と渡り合う戦力になるだろう！」

ウンディネとシルフは口ごもった。

イシュアという底が見えない規格外の敵がいるのだ。

さらには最強格の勇者リリアンまでが相手だときた。駄目な勇者を一人仲間にしても、万に一つも勝てるビジョンが見えなかったのだ。

「臆病者は、俺様が戦果を挙げるのを見ているがいいさ！　魔王様、次に作戦を決行するのはいつだい？」

「作戦が失敗続きで、士気も下がっている。すぐにでも始めよう。まず落とすべきは定石《じょうせき》どおり、ペンデュラム砦《とりで》だ！」

魔王が指定したのは、魔界との防衛ラインにある人間たちの守りの要《かなめ》。攻め滅ぼせば、人間界侵略の足掛かりとなることだろう。

「悪いけど、私はパスで。脳筋イフリータの作戦に乗ってたら、いくら命があっても足りないもんね～」

あっかんべーとシルフ。イフリータはピキピキと額《ひたい》に青筋を立てたが、魔王が見ている前で行動は起こさなかった。

「その作戦なら、私が勇者の勧誘に向かいますね？」

「それが適任だろう」

話術に長《た》けるウンディネが勇者アランの勧誘に。

「悪いけどボクはパス。次こそは誰にも負けないモンスターを生み出してみせるよ」

「このマッドサイエンティストめ！」

マイペースなノームは、魔王城にてお留守番。

「ガッハッハ！　我が作戦に立ち向かえる者はなし！　すべて叩き潰《つぶ》してくれる」

魔王城の作戦室では、いつまでもイフリータの高笑いが響いていたという。

――そうして魔王軍による、次の作戦が動き出そうとしていた。

書き下ろしエピソード

新生・勇者パーティでの親睦会

ある日の昼下がり。

僕たちは、ノービッシュの街にあるカフェに向かっていた。今日は珍しく何のクエストも受けておらず、完全にオフの一日である。

「随分《ずいぶん》と外《はず》れにあるカフェだね。こんなとこ、どうやって見つけたの？」

「ああ。それはリリアンが迷子になったときに――」

「ディアナ、それは極秘事項なの！」

何か言いかけたディアナを、大真面目《おおまじめ》な顔で止めるリリアン。

「勇者の使命に関係ないものには、基本的に興味がなかったリリアンだけどな。昔から甘いものだけは目がなくてな」

「そうなんですね」

「そんなリリアンが選ぶとっておきの一軒――期待しててくれていいぞ」

「ディアナ、あんまりハードルを上げないでほしいの」

ためらいがちにそう言うリリアン。

あの有名な勇者リリアンの行きつけのお店か。いったいどんなところなんだろう。

＊＊＊

そうして到着した店は、隠れ家・アイシアという街外れの小さなカフェであった。

どこか歴史を感じさせる木造の一軒家でありながら、清掃が行き届いており、店内は小綺麗に保たれている。のんびりした空気が漂っており、店内では客がくつろいでいた。

「いらっしゃいませ――って、リリアンの嬢ちゃん！」

「ッ――ってことは、今日が決戦の日！」

リリアンが姿を見せると、店に漂っていたのんびりした空気が一変。

店員の間にピリピリっと緊張が走った。

「今日は、とても大切な日。楽しみにしてるの」

「ああ。とっておきを見せてやる。今度こそ、ギャフンと言わせてやるぜ！」

リリアンの姿を見て、なぜか店員たちが燃えていた。その様はまるで、生涯のライバルを前にしたかのよう。

そんな彼らの様子を知ってか知らずか、リリアンは楽しそうに席に向かうだけ。

え、え……？　着いていっていいんだよね？

「先輩……、何だか様子がおかしいような？」

「き、気のせいだよ」
特製メニューの出番だ！　とか、緊急事態だ!!　とか、店の奥で声が飛び交っていたけど
――関係ない。関係ないよね？
上機嫌に鼻歌を口ずさむリリアンを尻目に、僕たちは案内されたテーブルに着くのだった。

僕たちが注文したのは、隠れ家アイシアの看板メニューこと特製パフェである。

「お待たせしました！」

店員が持ってきたのは、高さ三〇センチはあるだろう立派なパフェであった。

カラフルなフルーツが豪勢に使われており、視覚的にも見ていて飽きない。さすがは店の看板商品という圧倒的なボリュームを誇っていた。

「今日こそは負けねえ！　これが店からの挑戦状だ！」

さらには自信満々の店員が、ワゴンに載《の》せて特大サイズのパフェを持ってきた。

なぜか料理人まで顔を覗《のぞ》かせている。

いったい、何が始まるの!?

リリアンのもとに運ばれてきたパフェは、僕たちのものとはサイズ感からして違っていた。

高さは一メートルを優に超えている。到底一人で食べきれる量には見えない。リリアンの前に置かれたそれは、もはやお菓子の要塞とでも呼べそうな外見をしていた。

「美味《おい》しそうなの！」

もっともリリアンは動じた様子もなく、満面の笑みでそれを迎え入れる。

「ええっと……。なにこれ？」

「以前、ここの超ジャンボパフェをぺろりと完食したリリアンが、まだまだ食べ足りない……なんて呟《つぶや》いたのが、とてもショックだったらしくてな――」

ヒソヒソと囁《ささや》くディアナ。

「それからというもの、この店では新商品の開発を急ピッチで進めては――」

「……うん？」

「リリアンにアッサリ完食される、なんてことを繰り返していてな……」

「そ、そんなことが――」

決戦の日、とは随分《ずいぶん》と大げさだ。

だけども店員にとって負けられない戦いが、そこにあったのだろう。

「リリアンはアレを食べきれるの？」

僕は改めて、鎮座する巨大パフェに目を移す。

何度となくボリュームアップを繰り返したのだろう。見てるだけで胸焼けしそうだった。

店のプライドにかけて、とても美味しそうだけど。

「ここの店員さんはいい人なの。いただきます、なの！」

固唾《かたず》を呑んで見守る店員たち。

一方、リリアンは何の邪気もない笑みでそんなことを言う。

それからスプーンを手に取りパクリ。待ちきれないとばかりにいそいそとパフェを口に運ぶ愛らしい姿は、到底、魔王と戦う宿命を負った勇者とは思えない。年相応の少女そのものであった。

上機嫌にパフェを口に運ぶリリアンを、ディアナは優しい眼差《まなざ》しで眺めていた。

——わずか五分と経《た》たずに、お菓子の要塞は呆気《あっけ》なく陥落したのであった。

「「「うそぉ!?」」」

「今日も美味しかったの！」

ずーんと落ち込む店員をよそに、リリアンはしごく満足そうな笑みを浮かべるのだった。

＊＊＊

リリアンの食べっぷりに驚きつつ、僕たちもパフェを口に運んでいく。

圧倒されるような巨大パフェではあったが、程よく酸味が効いており、甘さもしつこくない。

甘いものに目がないというリリアンのお墨付きだけあって、とても美味しかった。

「先輩、先輩。このプチプチの実、食べませんか？」

「アリアは昔から酸っぱいの駄目だもんね」

アリアからオレンジ色の小さなを果実が、ぽいぽいっと送り込まれてくる。

「えへへ、先輩は頼りになります」

「少しずつ克服していこうね。人前で食べる機会も出てくると思うからさ」

「その時は魔法で味覚をシャットアウトします！」

「そんなに苦手なの!?」

人の神経の一部にピンポイントに影響を与える味覚操作は、かなりの高等技術である。魔力と技術の無駄遣《むだづか》いすぎるね!?

僕とアリアにとっては、いつものやり取りだ。しかしパーティメンバーの目には、どうもそうは映らなかったらしい。

「やっぱりしばらく見ない間に、イシュア様とアリアの距離が近くなってるッス！」

「みー。すっかり二人の世界に入ってる」

「二人の世界――えへへ」

「なんで照れるの!?」

まあアリアとは付き合いが長いからね。

ミーティアもリディルも、からかい半分で言っているだけだろう。

そんなやり取りをしていたら、リリアンまでこんなことを尋《たず》ねてきた。

「イシュアさんとアリアさんは、パーティ組んで長いの？」

「はい。冒険者学園で私が一年生のときからだから――今年で四年目です」

「イシュアさんが先輩。羨《うらや》ましいの」

じーっと見つめてくるリリアン。

う～ん、冒険者学園時代は、マナポーターというジョブのせいか、万年役立たず扱いだったけどね。嫌な顔もせず組んでくれたアリアに感謝しているぐらいだ。

「もしイシュア様が、冒険者学園で先輩だったら――」

う～ん、とミーティアが何やら考え込み始めた……。


「先輩、ウチの魔剣捌《さば》きはどうッスか？」

「まだまだ制御が甘いかな。でも持続時間は長くなってきてるし、少しずつ前に進んでると思うよ」

（的確なアドバイスが貰えて――）

「随分と魔剣の扱いにも慣れてきたね。魔力のことは気にしないでいいから、とにかく今は安定感の向上を目指していこう」

「はいッス！　魔力量が乏《とぼ》しくて、恥ずかしい限りッス……」

「気にしないで、それを補うのが僕の役割だから」

（毎日、魔力を気にしないで訓練に打ち込めて――）

「朝練としてダンジョンに潜《もぐ》りたいッス！　やっぱり冒険者としてレベルアップするには、実《じっ》践《せん》が一番ッス！」

「分かった……、けど危ないことはしないでね」

「もちろんッスよ！」

（あ……。なんだかんだで優しい先輩に甘えて、ついついあれこれ引っ張り回してしまう光景が見える――）


…………………

……………

……


「とりあえずウチは、今ごろ無敵ッスね！」

「うみゅう。絶対、ろくでもない想像してる。無理に朝練、付き合わせたり……」

「ギクリ――そんなことはないッスよ？」

ミーティアはわずかに硬直したが、即座にリディルに言い返す。

「そんなこと言うリディルは、どうなんスか？」

「みー。もしイシュア様が、冒険者学園で先輩だったら？」

「リディル？　遅刻、遅刻！　そろそろ起きて!?」

「ふみゅう。あと五分……」

「あ～、ここで二度寝はやめて～!?」

（――あれ？　ものすごく常日頃から迷惑をかけてそうな……）

「リディル、その魔法式はなに？」

「みー。授業中に編み出した、とっておきの新魔法」

「すごい！　けど……、ここはこうした方が――」

「おー！」

（魔法式の相談にいつでも乗ってくれて――）

「先輩、魔力がないともう動けない……」

「仕方ないなあ。――はい」

「……美味、美味」

（毎日、魔力が貰い放題！）


…………

…………

……

なにやら幸せそうな顔をしたリディルは、

「毎日が幸せ」

「ほれ見たことッスか！　リディルだって、絶対ろくでもない妄想したッスよ！」

「ミーティアよりはまとも」

「なんッスか！」

ギャーギャーと二人は言い合っていた。

というか二人とも、相手の表情を見ただけで互いに何を考えていたのか想像できたのか。びっくりするぐらい息ピッタリだ。

「リディルたちも、パーティ組んでから長いんだっけ？」

「ただの腐れ縁ッスよ」

「みー。騒々しくて面倒くさい——厄介《やっかい》すぎる腐れ縁」

二人はそんなことを言い、嫌そうに肩をすくめる。口ではそう言いながらも、二人の間には確かな信頼関係が見え隠れしていた。

「リリアンとディアナも、ずっと一緒なんだよね？」

「うん」

「幼馴染みだからな。村を出発したとき——というかリリアンがオムツ付けてるときから、ずっと一緒だぞ」

「ディアナは余計なことは言わないの！」

からかうように口にしたディアナに、リリアンがムキになって言い返す。

勇者のジョブを手にしてから、リリアンはどうやって今日まで生きてきたのだろう。それを知っているのは、幼少期から共に過ごしてきたディアナだけだ。


リリアンが、おずおずとテーブルを見渡した。

「三組とも、昔からの知り合いなんだよね……」

当たり前だが、僕たちは互いのことをほとんど知らない。

六人パーティ——僕とアリア、リディルとミーティア、リリアンとディアナ。いわば三つのパーティを合わせて、一つのパーティを作ろうとしているに等しい。

パーティを組んでいる者同士で新たにパーティを結成する場合、どうしても知り合い同士でしか連携が取れず、上手《うま》くいかないこともあると聞く。

「上手くやっていけるか不安？」

こくりと頷《うなず》くリリアン。

リリアンは、ほとんどディアナ以外とはパーティを組まずに活動してきた珍しい勇者だ。赤の他人とパーティを組むことによる面倒事を避けるため、気心の知れた者だけで旅をするというのも賢い選択ではある。

「付き合いの長さは、そんなに大事なことじゃないよ」

パーティを組むキッカケなんて、それぞれだ。

信頼関係は、なにもパーティを組んでいる年月ばかりだけが重要ではない。

相手のことを知ろうとし、互いを尊重することがいいパーティになるための第一歩だ。その
ことを、僕はアランの失敗を通じて知っている。

「イシュアさん？」

「新生・勇者パーティ――僕たちは運命共同体になるんだ。これからお互いのことを知ってい
けばいいし、きっと信頼し合えるいいパーティになれると思う」

「運命共同体――」

「魔力のことなら任せてほしい。改めてよろしく！」

もしかすると出しゃばってしまったかもしれない。だけどせっかく友好を深めるために、オ
フの日にメンバー全員で集まったのだ。

思ったことは言っておいたほうがいいだろう。

「これから分かり合っていけばいい。その通りなの――改めてよろしくなの！」

リリアンは、やがてパッと表情を明るくして勢い良くそう言いきった。

「先輩？　いきなり改まってどうしたんですか？」

「そういう気分だっただけ。気にしないで」

パーティはまだ結成されたばかり——だけどこのパーティならどこまでだって行ける。

不思議とそんな根拠のない自信があった。

書き下ろしエピソード

美味しい美味しいイシュアの魔力

ある日の早朝、宿の一室では気の抜けた声が響いていた。

「うみゅう……。魔力不足──イシュア様から魔力を貰《もら》わないと動けない……」

声の主《ぬし》はリディル。

寝ぼけた眼差《まなざ》しで、ふにゃりと机に突っ伏している。

「せっかくの休日なのに、今日はイシュアさんと別行動……。悲しいの」

「仕方ないですよ。先輩、このところ忙しいですし」

今日はクエストのないオフの一日である。

イシュアは何か調べたいことがあると、一人で図書館に向かってしまい、アリアたち五人はすっかり暇《ひま》を持て余していた。

ちなみにイシュアが休日に単独行動していたのは、女の子だけの方が気楽に話せるだろうから、なんて気遣《きづか》いによるものだったのだが、

「ひ～ま～な～の～。早くイシュアさんとクエスト行きたいの～！」

……どうやらイシュアの気遣いは、完全に裏目に出ているようだった。

「というかリディルは、朝たっぷり補充してもらったじゃないッスか！　うちなんてご無沙汰《ぶさた》ッス。ずるいっス！　ウチだって、もっとイシュア様のマナが欲しいッスよ！」

「みー。ミーティアのマナ保有量なら必要ない」

「その言葉、そっくりそのまま返すッスよ！」

軽口を叩き合うリディルたちを見て、また始まったと肩をすくめるアリア。

この二人がワイワイと言い合うのは、アランがリーダーを務める勇者パーティ時代からおなじみの光景でもあった。

「だいたいリディルは、その杖術《じょうじゅつ》があればマナもほとんど要《い》らないッスよね？」

「ミーティアも。最近は短剣しか使ってなかった。なのに昨日は……」

この二人、イシュアと合流を果たしてからというもの、過剰《かじょう》なまでにマナ消費の多い戦い方を選んでいた。もちろんその理由は——

「「イシュア様の魔力、本当に気持ちいい……」」

これである。

魔力切れしたら、マナを渡してもらえる。逆に言えばマナがあるうちは、マナを供給してもらうことはできない。

もはや手段と目的が逆になっている気がしないでもないが、そのことを冷静に指摘する者は、残念なことにこの場には誰もいなかった。

「分かるッス。あの人のマナはひとを駄目にするッス」

「そうなの！　魔力切れでもう駄目だって思ったときに、ふわっと入ってきて体がぽかぽか～ってしたの！」

うっとりとだらしない顔をするミーティアに、リリアンが全力で乗っかった。

彼女が初めてイシュアから魔力供給を受けたのは、エルフの里で瘴気《しょうき》に囲まれ絶体絶命のピンチを迎えていた時である。気持ちいいなんて言っていられる余裕がない状況ではあったものの、注がれたマナの温かさを忘れられずにいたのだ。

「当たり前です。先輩はその人に合わせてマナの属性バランスとか密度を調整してから魔力を渡してる、って言ってましたから」

そんな魔力供給における秘訣《ひけつ》を、アリアは自分のことのように誇らしげに語るのだった。

「どこでそんなことを？」

「ええっと……」

それは学生時代の一つの思い出。

昔を懐《なつ》かしむように、アリアは目を閉じながらこんなことを言いだした。

「あれは──冒険者学園で、最初にパーティを組んだばかりの時でしたね」

ぽつぽつと話すアリアを、興味津々《しんしん》な様子で見守る少女たち。

「私、昔はすぐ魔力切れを起こして倒れてたんです。初めてのクエストで無理して倒れた時は、先輩すごく慌《あわ》てて……、医務室に運んでもらって、この方が効率がいいって私の背中に直接触れて、魔力をたっぷり注いでもらって──」

「「ちょっと、その話、詳しく聞かせてもらおうか（ウッス）（ほしいの！）」」

「え、え……!?」

アリアを問い詰める四人の顔には、「羨《うらや》ましけしからん！」とくっきり書かれていた。

「詳しくって？」

「いろいろあるッス。その時なにを思ったとか――」

「一部始終を話す」

「そ、そんな変わったことはありませんでしたよ？」

四人の気迫にアリアは、目を白黒させながらも当時のことを思い返す。

＊＊＊

学園の課題で、パーティでクエストを受けたある日のこと。

意地を張って休まず回復魔法を使い続け、アリアはクエストの帰り道に魔力切れで意識を失ったことがあったのだ。

「今のパーティで居場所を失ったら、二度とパーティを組めないかもしれない――そう思うと、とても弱みなんて見せられなかったんです」

アリアは口下手《くちべた》で、なかなかパーティを組めずに苦労していた。ようやくパーティを組めるチャンスを失いたくなくて、かなり無理をして回復魔法を使い続けたのだ。

その結果が、それ――

「アリア、ベッドの上で法衣を脱いで横になって」

「先輩、もう大丈夫ですから」

医務室の中で目覚めたアリアは、何が起きたかを悟り真っ青になった。

魔力切れで倒れるなんて、頼りないヒーラーの印象を与えるだろう。それも意地を張って、マナの支援を断り続けた挙げ句の失態だ。

「慣れないうちの魔力欠乏症は危ないんだ。おとなしく横になって」

自己嫌悪に陥《おちい》りそうなアリアに、イシュアは優しい声をかけた。

「せ、先輩⁉」

「アリアは我慢しすぎだよ。すっかりマナが完全に空《から》になっちゃってる――こんなになるまで、パーティに支援魔法をかけ続けるなんて……。落ち着かないかもしれないけど、ちょっとだけ我慢してね」

服を脱いでうつ伏せになったアリアの背中に、イシュアがそっと手を当てた。

「体の力を抜いて楽にして。注ぐよ？」

「は、はい……」

イシュアは意識を集中して、アリアの体を巡るマナの流れを測定し、できるだけ負担にならないように魔力を注いでいく。

魔力の流れを乱さないように、なるべく自然に、丁寧《ていねい》に。

「──ふぅぁ」

無意識にこぼれたうっとりするような声。

「大丈夫？　痛かった？」

「大丈夫です。その──あまりに気持ち良くて」

「……？」

「な、何でもないです。忘れてください」

ぶんぶんとアリアは首を振る。

体の中に温かい何かが入ってくる快感。魔力が空っぽになった体に流し込まれるイシュアの魔力は、とろけるような快感をもたらしたのだ。

もっとも天国のような時間は長くは続かなかったけれど。

「これぐらいで。あまり急に体を魔力で満たすと、今度は気持ち悪くなっちゃうからね」

「あ……、そうですね」

ただでさえ倒れて迷惑をかけているのだ──もっと魔力を注いでほしい、なんてわがままを言えるはずもない。

名残惜《なごりお》しそうに、アリアは体を起こすのだった。

「体が嘘みたいに軽いです。先輩、何したんですか？」

「ところどころに不純物が溜まって、マナの循環《じゅんかん》を妨《さまた》げてたから、ついでに中和しておいたんだ。余計なお世話だった？」

「いえ。そんなことまでしていただいて──つくづく情けなくて」

「何言ってるのさ。パーティメンバーが気持ち良く魔法を使える環境を作ること──それが僕の役割なんだから。そんな遠慮なんてしないで、何でも言ってよ」

　それは今も変わらないイシュアの基本理念。

　パーティは個人で不足している部分を補い合うものだ。イシュアとしては、当たり前のことを言ったに過ぎなかったけれど、

「そう、ですか──」

　パーティメンバーに嫌われないように、と肩肘《かたひじ》張って生きていたアリアにとって、その言葉はとても温かなものだった。

「またマナの支援、お願いしますね」

「アリアは頼むからぶっ倒れるまで隠すようなことはしないでね」

　その日以降、アリアはイシュアを遠慮なく頼るようになり、独自の魔術を編み出し立派な聖女への道を歩みだすことになる。イシュアの方も、パーティメンバーの魔力残量を把握する術《すべ》を身に着けるべく、独自の研究を続けるのだが──それはまた別の話。

＊＊＊

「――なんてことが、ありまして……」

「冒険者学園の後輩――アリア、何げに恐ろしい奴！」

「とんだ伏兵《ふくへい》なの！」

懐かしい思い出を話すアリアを見て、リリアンがむむっと眉を顰《ひそ》めた。

直《じか》に背中に触れての魔力譲渡。普段は無表情のアリアですら、思わず表情を崩すほどに気持ちいいらしい――リリアンは、真剣な顔で何やら考え込んでいたが、

「私も魔力切れで倒れるの！」

なんともいい笑顔で、実に駄目なことをのたまう。

「それは……。おすすめしません」

アリアは大真面目《おおまじめ》な顔で、そんなリリアンをたしなめた。

「ずるいの～！」

「だって、先輩……。すごく自分を責めるんですよ。自分の力が至らないせいで、仲間が魔力切れを起こしたんだって言って――」

「ああ、イシュア様らしいッスね……」

「イシュア様は優しすぎる」

ミーティアとリディルが即座に同意した。

優しいうえに自《みず》らの職務に忠実なイシュアのことだ。パーティメンバーがマナ不足で倒れるようなことがあれば、自分を責めるであろうことは想像に難《かた》くない。

「それは本末転倒なの……」

しょんぼり項垂《うなだ》れるリリアン。アホ毛もへにょんと元気なく垂れ下がっていた。

「だから正直に、お願いすればいいと思いますよ？」

「それは——恥ずかしいの！」

ぴゃーっと悲鳴を上げるリリアン。

どうにかパーティ結成まではたどり着いたものの、なんとも先は長そうであった。リリアンは恋心真っ盛りの少女なのだ。

「ちょっと待つッス！　イシュア様の魔力補充は週一回！　順番に——抜け駆けはなしっスよ！」

「その約束を飲むの！」

結局、本人の知らぬところで、そんな盟約が交わされることになった。

——今日も、ノービッシュの街は平和であった。

あとがき

はじめましての方は、はじめまして。

お久しぶりですの方は、お久しぶりです！（ありがとうございます！）

このたびは拙作「マナポーター」を手に取っていただきありがとうございます。本作は『小説家になろう』様にて連載していた作品で、第二回集英社ウェブ小説大賞にて銀賞を頂戴《ちょうだい》し、こうして刊行させていただく運びとなりました。


さて、本作品は『小説家になろう』様で流行している、いわゆる「追放もの」と呼ばれるジャンルの作品です。

不遇な環境からの成り上がり。追放元は自業自得で落ちぶれていき、主人公はこれまでの努力が報われて幸せになる——そういったジャンルならではの面白さを突き詰めました。

恵まれない境遇にある主人公が、自らの能力によって成り上がっていき、やがては可愛い女の子に囲まれて幸せになっていく——そんなある種王道の物語を、是非とも楽しんでいただけますと幸いです。

さて、今回のあとがき……。

なんか四ページもあるらしいのです。

いやはや、困りましたね。拙者、自慢じゃないですが飲み会などで突発的に発生する自己紹介イベントすら、話すネタが無くなる人間ですぞ？　そんな人間に、あとがき四ページって、正気ですか？

つべこべ言わずに、さっさと書け？　は、はい……。

そんな訳で今回は、本作を書くにあたって意識したことを記していきましょうか。

なんて王道を行くあとがきなんだ……。

気をつけたこと――ずばり「読者さんが喜んでくれそうな要素」と「自分の完全な趣味」の割合でしょうか。

書きたいものを書くか、読者さんが望むことを書くか。小説を書く人は、一度は悩むことがある問題なのではないかと思います。

小説を書くなら自分の表現したいことだけを思うままに表現する、というのも一つの理想でしょう。しかしその気持ちだけで書いたものが、読者さんにとって面白いものに仕上がるかというと難しいところです。

特に『小説家になろう』というサイトは、毎日、無数の作品が投稿される場です。読者さんに面白いと思ってもらえない作品は、簡単に埋もれてしまう訳です。せっかく書いた小説ならば、やっぱり色々な読者さんに届けたいし、楽しんでもらいたい。そんな訳で「こんなものが喜ばれそう、流行《はや》っていそう」を想像して、作品の企画を練りました。

一方、一〇〇パーセント読者さんが好きそうな要素だけで構成した物語は、どうしても勢いが出なくなります。熱量が足りなくなるからです。だからこそ自分が思う「好き」を、読者さんが楽しめるような形でギュッと詰め込むことになります。

本作では、自分が思う「可愛い」を、ヒロインたちにこれでもかというほど詰め込んでありまず。主人公を慕う後輩キャラ、恥ずかしがりやすぎて空回りするポンコツ勇者、凛々しい剣聖、主人公が好きすぎて勇者パーティを抜けてしまう賢者と魔導剣士。

加えて主人公は、あくまで自分だけでなく、パーティのために行動するキャラです。自分が活躍するのではなく、とことんパーティメンバーが一番輝ける環境を作ることに喜びを覚える、そんなお人好しな主人公です。

そんな感じで『小説家になろう』というサイトの流行ど真ん中でありながら、キャラは割と性癖ごった煮、みたいな本作が生まれました。どうか手にとってくださった読者さんのお口に合えば幸いです。

最後になりましたが、謝辞を。

本作を買ってくださった皆さま、『小説家になろう』で応援してくださった皆様に、最大限の感謝を。

担当編集のH様、至らぬところも多かった自分に丁寧にお付き合いいただき、さまざまな相談にも乗っていただきありがとうございます。

イラストレーターの夕薙《ゆうなぎ》様、素晴らしいイラストをありがとうございます。割と面倒臭そうな自分の希望をしっかり反映して素敵なイラストに仕上げていただき感無量です。キャラデザ、ラフ、カバー画像などなど、届くたびに小躍りしておりました。主人公がイメージピッタリで驚いた記憶があります。

それではまた二巻でお会い出来ることを願いつつ。

二〇二二年四月　アトハ

この作品の感想をお寄せください。

あて先　〒101-8050　東京都千代田区一ツ橋2-5-10
集英社　ダッシュエックス文庫編集部　気付
アトハ先生　夕薙先生

ダッシュエックス文庫

《魔力無限》のマナポーター
～パーティの魔力を全て供給していたのに、勇者に追放されました。魔力不足で聖剣が使えないと焦っても、メンバー全員が勇者を見限ったのでもう遅い～

アトハ

2022年5月30日　第1刷発行

★定価はカバーに表示してあります

発行者　瓶子吉久
発行所　株式会社　集英社
〒101−8050　東京都千代田区一ツ橋2−5−10
03(3230)6229(編集)
03(3230)6393(販売／書店専用)　03(3230)6080(読者係)
印刷所　図書印刷株式会社
編集協力　法貴仁敬

ISBN978-4-08-631468-8 C0193

ダッシュエックス文庫

【第1回集英社WEB小説大賞・大賞】
社畜ですが、種族進化して最強へと至ります
力水《りきすい》
イラスト／かる

社畜ですが、種族進化して最強へと至ります2
力水《りきすい》
イラスト／かる

社畜ですが、種族進化して最強へと至ります3
力水《りきすい》
イラスト／かる

【第1回集英社WEB小説大賞・大賞】
『ショップ』スキルさえあれば、ダンジョン化した世界でも楽勝だ
～迫害された少年の最強ざまぁライフ～
十本スイ
イラスト／夜ノみつき

自他ともに認める社畜が家の庭にできたダンジョンで淡々と冒険をこなしていくうちに、気づけば最強への階段をのぼっていた…!?

今度は会社の同僚が借金苦に!? 偽造系の能力で人を騙す関東最大勢力の獄門会に襲撃を宣言し、決戦までの修行の日々がはじまる!!

何者かの陰謀で秋人が殺人犯に仕立て上げられた。鬼沼はボスを取り戻すべく『烏丸和葉ネットアイドル化計画』の妙案を発動する！

日用品から可愛い使い魔、非現実的なアイテムも『ショップ』スキルがあれば思い通り！最強で自由きままな、冒険が始まる!!

【第1回集英社WEB小説大賞・銀賞】

影使いの最強暗殺者
～勇者パーティを追放されたあと、人里離れた森で魔物狩りしてたら、なぜか村人達の守り神になっていた～

茨木野
イラスト／鈴穂ほたる

村人たちが崇める森の守り神の正体は、傷つき孤独に暮らす影使いの少年!? 人類最強の力で悪をなぎ倒す、異世界ハーレム物語!

影使いの最強暗殺者2
～勇者パーティを追放されたあと、人里離れた森で魔物狩りしてたら、なぜか村人達の守り神になっていた～

茨木野
イラスト／鈴穂ほたる

十二支の一人を倒したことでその名を轟かせたヒカゲに、新たな魔神が目をつけた。襲い来る刺客には、悪にそそのかされた実兄が!?

【第1回集英社WEB小説大賞・奨励賞】

レベルリセット
～ゴミスキルだと勘違いしたけれど実はとんでもないチートスキルだった～

雷舞蛇尾
イラスト／さかなへん

神童と呼ばれた少年が獲得したスキルは、毎日レベルが1に戻る異質なもの!? だがある可能性に気付いた少年は、大逆転を起こす!!

レベルリセット2
～ゴミスキルだと勘違いしたけれど実はとんでもないチートスキルだった～

雷舞蛇尾
イラスト／さかなへん

新たなスキルクリスタルと愛馬の解呪を求めて、スカーレットと風崖都市を目指すラグナス。そこで彼を待っていたものとは一体…!?

2022年 YJC ダッシュエックスコミックス
5月刊 大好評発売中!!
DASH X COMIC INFORMATION
70万部突破!!
シ・リ・ー・ズ・累・計
自分のためだけに生きようと
未来に転生し、
最強の力を秘めながら自由に冒険する!!
かつて2度も世界を救ったユーリは、
「化物」と呼ばれ人々に
恐れられる存在に!
史上最強の魔法剣士、Fランク冒険者に転生する 7
剣聖と魔帝、2つの前世を持った男の英雄譚
原作/柑橘ゆすら 漫画/亀山大河
デザイン協力/青乃 下
最強の兄妹が
ダンジョンで
思わぬ苦戦!?
地下室ダンジョン④
～貧乏兄妹は娯楽を求めて最強へ～
原作/錆び匙《すぷーん》 漫画/ひびぽん
キャラクター原案/keepout
救って愛して。
奴隷美女たちと
カゲキに大冒険!
裏切られたSランク冒険者の俺は、
愛する奴隷の彼女らと共に
奴隷だけのハーレムギルドを作る⑤
原作/柊 咲 漫画/川田暁生
キャラクター原案/ナイロン
水曜日はまったり ダッシュエックスコミック
ニコニコ漫画にて大好評配信中!!
水曜日はまったりダッシュエックスコミック で検索!